辺境騎士団のお料理係！２
～捨てられ幼女ですが、過保護な家族に拾われて美味しいごはんを作ります～

雨宮れん

目次

C T E R S
メルリノ
次男。兄弟の中でも慎重派。回復や防御といった魔術が得意。
ラース
長男。剣の達人で辺境伯家の跡取り。森で彷徨っていたエルを助け、妹のように可愛がる。
ハロン
三男。剣術も魔術も器用にこなす。甘いものが好き。
エル
呪われた子として森に捨てられた少女。正式にカストリージョ辺境伯家の養女となりすくすくと成長中！　前世の記憶があり、道具に宿った精霊たちと一緒に騎士団のお料理係を務めている。
ハビエル
療養のため王都から離れていた王太子。エルが母親である王妃に気に入られていることがつまらないようで…？
辺境騎士団のお料理係！
2
～捨てられ幼女ですが、過保護な家族に拾われて美味しいごはんを作ります～

C H A R A

カストリージョ辺境伯家

ロドリゴ

カストリージョ辺境伯。
子煩悩であり、愛妻家。

ロザリア

辺境伯夫人。政治の世界から辺境伯家を支えるため、普段は王都で暮らしている。

辺境騎士団

ジャンルカ

ロドリゴが信頼する副団長で、愛称は「ジャン」。氷の魔術が得意。

アルド

騎士団員の一人。婚約者のエミーとの結婚式が近づいているけど…?

クレオ

王都からやってきた騎士。辺境送りになったことが気に入らないらしく…?

精霊たち

ジェナ

フライパンの精霊

スズ

ぬいぐるみに宿った精霊

ベティ

包丁の精霊

プロローグ

（……ちょっと暇）

廊下を歩きながらエルは心の中でつぶやいた。誰か護衛についてくれれば、町に行けるけれど、今日は、友人達は皆忙しいから出かけても遊べない。

（……エルには何ができるかな）

部屋の窓から見下ろせば、目に飛び込んでくるのは訓練中の騎士達だ。命がけで辺境を守っている彼らにとって、日々の訓練は欠かせないもの。

カストリージョ辺境伯家の正式な養女となった今、エルがこの家で果たす役割は以前とは大きく変化した。

（皆に愛されてるのはわかってる……だから、うん、今はいっぱい遊んだ方がいいんだろうな）

エルの養い親となったカストリージョ辺境伯ロドリゴとその妻のロザリア。ふたりは、エルを実の子と同じぐらい大切に育ててくれている。

家の事情で、母となったロザリアとは普段離れて暮らしているけれど、その分父と三人の兄達が愛情を注いでくれる。

エルを大切に守って愛してくれるのは、騎士団に所属する騎士達もそうだし、エルの側にいてくれる精霊達も同じ。

この屋敷に引き取られた当初は、役に立たねばならないと思い込んでいたところもあったけれど、今は素直に皆の愛を受け取れるようになった。エルには決まった役割が与えられているのだから、必要以上に仕事を探さない方がいい。

ベッドの方に目を向ければ、仲良く並んでいるのは、兄達から贈られたウサギのぬいぐるみ。今日は三体ともお揃いの青い服を着ている。

（お着替え、一着しかないんだよねぇ……）

あと三体のために用意されているのは、お揃いの赤い服。そろそろ、もう少し服を増やしてやりたい。

（よし、お裁縫を覚えよう！）

父に頼みごとをする時は、今でもちょっとドキドキしてしまう。愛されているのはわかっているし、よほどのことでない限り却下されないのもわかってはいるけれど。

「お裁縫も覚えたいの。裁縫部の人にお裁縫を教わろうと思って」

仕事をしている父のところに行ってお願いしたら、少しばかり困った顔をされた。繕い物をしたがっていると思われたらしい。

「まだ早いんじゃないか？　お前は働きすぎだ」

「そんなことないよ？　ぬいぐるみを作ったり、お人形のお洋服を作ったりしたいんだもん」

裁縫を覚えたいのは、あくまでも遊びの延長だ。そう力説したら、父は裁縫を習うことを許可してくれた。

辺境伯領の娘となった今、エルの毎日は幸せに溢れている。毎朝柔らかなベッドで目覚め、兄達のお迎えで厨房に行き、エルの仕事をする。それから、勉強をして、遊んで、おやつも食べて。

今は、裁縫を覚えるのが楽しい。

裁縫部の人達に裁縫を教わりながら午後を過ごす。何日か雑巾を縫うことで運針を練習してから、ぬいぐるみに取りかかった。

（……難しいな）

普通の布を縫うのは慣れたけれど、毛皮を縫うのはまだ少し難しい。

「エル、上手にできてる？」

「できていますよ。じっくり丁寧に縫ってますもの」

エルの隣にいるのは、工房で裁縫を担当している職人だ。

ぬいぐるみを作りたいというエルの願いを受け入れてくれて、こうして裁縫を教えてくれている。裁縫部に通ううちに、すっかり仲良しになってしまった。

何日かに分けてパーツごとに部品を作っていき、今日は最後の仕上げ。出来上がった部品を縫い合わせていくのだ。

「……難しい」

作業に集中すると、唇が突き出てしまう。けれど、そうしながらも部品を縫い合わせていく。ばらばらの部品達が、形になっていく。

すべての部品を合体させたぬいぐるみをちょこんと座らせる。真っ白な毛皮を使って作ったぬいぐるみ。

「あああああっ、だめ、だめだってば！」

側でおとなしくしていた精霊のジェナとベティが、ぬいぐるみをちょんちょんとつつき始める。エルは慌ててふたりをぬいぐるみから引き離そうとした。

「そういう遊び方はしないの！　せっかく可愛くできたのに――あれ？」

エルの目の前で、ぬいぐるみが白く輝いた気がした。

この感じ、覚えがあると言えばある。

（……もしかして）

エルの新しい友人ができるのかもしれない。エルは、期待に満ちて出来上がったばかりのぬいぐるみを見つめたのだった。

第一章　辺境伯家の新しいお嬢様

　カストリージョ辺境伯家に、新たな娘が加わった。養女のエルリンデ——愛称エル——である。

　古い言葉でエルは永遠、リンデは愛。つまり、永遠の愛を与えられた彼女は、辺境伯領の新たな光でもあった。

「工房の人ー！」

　エルが工房の重い扉をよいしょと開けると、中にいた職人達はパッと顔を上げる。

　エルの背後をふよふよと飛んでいるフライパンと、その中央に鎮座する革製ケースに刃を収めた包丁。普通なら見られない光景だが、この屋敷では当たり前のように受け入れられている。

「エルお嬢様、いらっしゃい！　今日はどんな御用で？」

　一番年かさの職人が、代表でエルに話しかける。エルは、頭の両脇でふたつに結わえられたピンクがかった金髪を揺らした。

「あのね、エル、大きなお鍋が欲しい」

「大きな鍋……？」

　職人は困惑した表情になり、うん、と満面の笑みでエルはうなずいた。紫色にも青色にも見える目もキラキラと輝いている。

「三百人分のスープを作れるぐらい大きなお鍋が欲しい！」

「そりゃ大きな鍋だ」

「ロドリゴ様――お父様が、皆でお祝いしてくれるって言ったの」

エルがこの屋敷に引き取られたのは、森の中でさまよっているところを、辺境伯家の長男ラースと次男のメルリノによって救出されたのがきっかけだった。

救出された当初はろくに話すこともできず、記憶もおぼろげで、口にしたのは「エル」という名前だけ。そんなエルを、辺境伯ロドリゴは娘として引き取ってくれた。

もともと女の子が欲しかったという辺境伯夫人ロザリアもエルを引き取るのに同意し、王家の許可を得て正式な養女となったのは先日のこと。三男のハロンも含め、家族全員が末の娘をそれはもう溺愛している。

「王都のお屋敷で、エルがこの家の子になったのをお祝いしたんだけど、こっちでもお祝いしてくれるってお父様が言ったの。それで、エルがご飯を作ろうかなって」

「いいですねえ！　お嬢様の料理は絶品だし！　それにしても、三百人分の鍋ですか？　いくらなんでも大きすぎなんじゃ」

「うん。辺境伯領の領民の人達も一緒に招待するの」

「はー、そりゃすごい」

誰にも言っていないが、エルには前世の記憶がある。

前世では小さな食事処を経営していた。店に来てくれる常連達の希望に合わせて、店のメニューにないものまで作ったり、メニューを追加したりしたために、店のメニューは混沌としたものになっていた。おかげで、エルのレパートリーはかなり多岐にわたっている。

前世の記憶で作った料理は、栄養は取れるがおいしくないという辺境騎士団の食事情を大いに改善した。

今では、「辺境伯家のお嬢様が作る料理は美味い」とちょっとした評判になっているほど。

エルのレシピで作った料理は王族にも気に入られていて、王宮騎士団で提供する料理も考案させてもらった。

「しかし、三百人分って、何をふるまうんです？　下ごしらえだけでも大変でしょう」

「スープにするから大丈夫！　騎士団の皆だけじゃなくて、ジェナとベティも手伝ってくれるしね」

エルの背後に漂っているフライパンのジェナ、ジェナに乗っている包丁のベティには、精霊が宿っている。

ジェナは火がなくても、最高の火加減で食材が焼ける。ベティは、どんな食材でもエルが望んだ大きさに切り分けられる。ふたりの力を借りれば、大量の下ごしらえだって難しくない。

「大きなお鍋で作ったスープを、皆に飲んでもらうの。すっごく美味しいスープにする！」

この時エルの頭の中にあったのは、前世で行われていた料理イベントだった。

有名なのは、秋に山形県で開かれる芋煮会だろうか。毎年のようにニュース番組で取り上げられているのを見た記憶がある。

何千人分も作れるような大きな鍋に大量の具材を投入し、かき混ぜるのはお玉ではなくクレーンだった。

その他にも、巨大なケーキだったり太巻きだったり。大量に料理を作るイベントがあれば、しばしばテレビで放送されていた。

ここで巨大なケーキや太巻きを作るのは難しいだろうが、スープならばなんとかなる。クレーンはないので、いくつかの鍋に分けて作ろうと思っている。

「なるほど。それじゃ、厨房の鍋だけじゃ足りないなぁ」

「そうなの。作れる？」

その時によって多少増減はするが、この地で暮らしている騎士団員は百人前後。

大量の料理を作るのには慣れているが、それでも領地の人も招くとなると鍋の数が足りないのだ。少なくとも千人分は用意したいから、大きな鍋が必要だ。

「どうだろうなぁ……そんなに大きな鍋は作ったことがないからなぁ……」

「……無理？」

エルがしゅんとしてしまったのを見た職人は、慌てて手を左右に振った。

「大丈夫。作れますよ！」

「本当？　よかった。お願いしてもいい……？　あ、ちゃんとお父様から許可は貰ってあるの」

工房で開発中のものがあった場合、彼らの手を止めさせることになってしまうから、父の許可もちゃんと貰ってから来た。

「お任せください」

「ありがとぉ！　じゃあ、エル、もう行くね！」

「お気をつけて！」

笑顔で引き受けてくれた職人にお礼を言うと、エルは工房をあとにした。

（……よかった。あとは、何のスープを作るか考えなくちゃ！）

それにしても、こんな暮らしができる日が来るとは思っていなかった。

工房から厨房に向かって歩きながら、エルは五歳の女の子には似つかわしくない遠い目をした。

前世の記憶があるだけではない。

今回の人生、辺境伯家に引き取られるまでの間、エルはなかなか壮絶な経験もしてきた。

エルが生まれたのはエスパテーラの姓を持つ伯爵家だったが、エルの母親とは政略結婚だった伯爵は、母の死後、エルを冷遇するようになった。

それでも、最初の頃はまともな生活を送らせてもらえたのをなんとなく覚えている。容姿は悪くなさそうだから、いずれ政略結婚の駒にする――と。

だが、エルの周囲で様々な事件が起こるようになってからは、一室に閉じ込められるようになった。

誰も触れていないのにぬいぐるみが動いたり、カーテンがひらひらしたり。エルに厳しく当たった家庭教師に向かって、枕が殴りかかったこともあった。

このままでは異母妹――伯爵家の正妻となった愛人の娘――の縁談にも差しさわりがでると思った伯爵は、エルを殺すことにした。

ならず者を雇い、魔物の跋扈《ばっこ》する森にエルを捨てさせた。そうすれば、死体も残ることがないから。

けれど、命を落とすことになったのはエルを森まで連れていった男達だった。彼らは魔物に襲われ、全員死亡。

エルは、精霊によって命を救われ、行き倒れていたところをラースとメルリノに拾われたのである。

辺境伯家に連れ帰られたエルは、高熱を発し、生死の境をさまよった。その時によみがえったのが前世の記憶。

自宅の一階で食事処を経営していた母は、若くして亡くなった。前世の父は仕事に忙しく、娘との関わりも必要最小限。

家族の愛に飢えていた心を救ってくれたのは、母が残してくれた店に集まった常連さん達。皆が美味しいと言ってくれるのが幸せだった。

今になって思えば、あれは家族愛の代償だったのかもしれない。

だからだろう。今の人生でもエルの作った料理を食べた皆が喜んでくれるのが幸せだというのは。


鍋はすぐに準備され、天気のいい日にエルが辺境伯家の娘になった祝いの会が開かれることになった。

辺境伯家の屋敷がある町の大きな広場に、いくつもの大鍋が用意される。そして、エルは朝から大忙しだった。調理も広場で行うのだ。

「ジェナ、お肉に焼き目をつけてくれる？」

エルの号令で、フライパンのジェナが調理台に飛び乗る。

油を引いて熱くなったジェナに一口大に切った肉を入れてじゅうっと焼き目をつける。

焼き目をつけたら取り出して、次の肉を入れる。量が多いから、焼き目をつけるだけでもけっこうな重労働だ。

「ベティ、お芋の皮を剥いて」

包丁のベティは、鞘《さや》から飛び出して調理台の上に用意されている芋にするりと忍び寄った。

器用に芋の皮を剥き、柄でちょいちょいとつついて向きを変えてはまた皮を剥く。

「エル！　ニンジンはこっちでいいのか？」

「ラスにぃに！　ニンジンはそこで大丈夫！」

エルに声をかけてきたのは辺境伯家長男のラースだ。

将来の辺境伯兼騎士団長でもある彼は、赤い髪を短めに整えていて、表情豊かな青い目をキラキラとさせている。十七歳の彼は、辺境騎士団の中でも上から数えた方が早い剣の腕の持ち主だ。

彼の手にあるのは一口サイズに切られたニンジンを山盛りにしたボウル。

辺境騎士団では、エルの指揮の下、騎士団員が交代で調理を行う。辺境伯家の人間も例外ではなく、包丁を手に厨房に立つのだ。今日はその腕を町の広場でふるっている。

「エル、ゴボウはどこに置いたらいいですか？」

ささがきにしたゴボウの入ったボウルを抱えているのは、次男のメルリノ。先日、十五歳で行う成人の儀を終えたところ。

いざという時魔力に変えるため、魔術師である彼は髪を長く伸ばし、首の後ろでひとつに束ねている。兄と比べると線が細い彼は、防御や回復の魔術を得意としていて、守りには欠かせない人材だ。

「ゴボウは右のお鍋のところにお願い！」

広場には調理台がもうけられ、他にもたくさんの騎士達が素材を切ったり、燃料となる薪を運んだりと行ったり来たりしている。

うきうきとした空気がすでに流れていて、集まってきた町の人達は待ちきれない様子でこちらを見ていた。調理もここで行うことにして正解だ。

「なぁなぁ、なんのスープを作るんだ?」

するするとエルの側に近づいてきたのは、三男のハロン。彼は、肩ぐらいの長さの髪の上半分だけを後頭部で結っている。剣術も魔術もそつなくこなす万能型の騎士だ。

「ベーコンとお野菜たっぷりのスープ、ミルクモーのミルクを使ったシチュー、それから味噌味のスープね! あと、別に大人用の辛いスープもちょっと用意するつもり」

食用の家畜と似た味を持つ魔物も多いため、この地では動物の肉より魔物の肉がよく食されている。

たとえば、フェザードランという鳥のような羽毛を持つドラゴンの亜種は、上質な鶏肉に似た味がする。

最近、このあたりに出没するようになったピグシファーという魔物は、形も味も豚に似ている。それも高級な豚肉だ。

乳製品を作るためのミルクを採るミルクモーは、とても肉質がよく、食用としても重宝されている。ミルクも肉も、王都では辺境伯領の何倍もの値で取引されているのだ。

今回、エルが予定しているのは、ベーコンと野菜を使ったポトフ、フェザードランと野菜のクリームシチュー。和風の味も欲しいと思ったから、ピグシファーの肉とダイコンやゴボウといった根菜を使った豚汁風スープ。

このあたりでは香辛料はなかなか高級食材なので、カレー風味のスープも作りたかったけれど、香辛料を揃えられなかった。

そのため、香辛料を効かせたピリ辛スープは他のスープより少ない量になる。騎士団で使っている鍋で、他のスープの三分の一の量を用意する。

「お嬢さん、薪の準備終わりました！」

「そろそろ火をおこし始めてくれるかなー」

声をかけてきたアルドは、王都から辺境伯領に出向している騎士だ。以前は辺境に追いやられたと不満を抱えていたのだが、その不満は今ではある程度解決しているらしい。

「アルド、エミーさんはどうしたの？」

「あっちで、パンを準備してるっす」

婚約者の名前を出したとたん、アルドはわかりやすくでれでれになった。

少し癖のある金髪を長めにしていたり、銀の耳飾りをつけていたりと、アルドは騎士団員には珍しくチャラチャラとしている雰囲気の持ち主だ。

いつ王都に戻れるかはわからないけれど、まだしばらくの間は辺境伯領で暮らすことになる。

エミーも、王都からこちらに移住してきてくれるらしい。正直、アルドにはちょっともったいないなと思っている。

「エミーさん、考え直すなら今のうち……」

「なぜっ！」

うっかり心の声が漏れた。

実際、エミーはアルドにはもったいない女性なのだ。アルドのためにわざわざ辺境伯領に移住してくれるなんて。

「あ、ジャンさーん！」

情けない顔になったアルドを放置して、エルは酒の樽を抱えてやってきたジャンに声をかけた。

辺境騎士団の副団長であるジャンは、ロドリゴとは腹心の部下であり親友のような関係でもある。

「エル様、どうかなさいましたか？」

「ジャンさんは、今日はお酒の係なの？」

「ええ。若い者に任せると危なっかしいので」

なんて年寄りめいたことを口にしているけれど、彼だってまだ三十代に入ったところ。

氷の魔術を得意とする彼は、メルリノのように長く伸ばした髪をひとつに束ねていた。

エルを見る彼の目は優しい。にこにことしている彼に、エルもまたにこにことした笑みを返す。

「エル、ピリ辛のスープも作るの。あとで味見してくれる？」

「承知しました」

エルに頭を下げておいて、ジャンは酒樽を所定の場へと運んでいく。その後ろ姿を見送ったエルは、料理中の食材の方に向き直った。

さて、ここからは気合を入れて調理だ。

エルは、切り分けてもらった野菜と焼き目をつけた肉を大きな鍋に入れ、軽く炒める。

「誰かお水入れてくださいなー！」

声をあげれば、騎士達が次から次へと水を運んできてくれる。これでしばらくことこと煮込めばいい。

（ええと、次はクッキー！）

子供達には、お土産にクッキーも用意している。

辺境伯領名物、ブラストビーの蜂蜜をたっぷり使ったクッキーだ。

ブラストビーは、とても大きな蜂型の魔物で、針で刺して攻撃し、針を失うと自爆するから注意しなくてはならない。辺境騎士団では、ブラストビーを眠らせて巣から蜂蜜を採る手法が確立されているので、日常的に食されている。

だが、他の地域ではそれも難しく、王都に運ぶと何倍、何十倍もの値で取引される高級食材だ。

その高級食材を惜しみもなく使った甘味を、子供達にふるまうつもりでいる。エルにできるのは料理だけだし、その料理で皆が喜んでくれるのが最大の喜びだ。

辺境伯の屋敷にもうけられた焼き菓子専門の厨房で用意されたクッキーは、三枚ずつ紙袋に詰めてある。それらも必要な数がちゃんと用意されていることを確認して、エルは再び大鍋の方に移動した。

火がおこされ、下ごしらえされた食材が、すでに煮え始めている。

「おう、エル。味つけはどうする?」

「ラスにぃに、それはまだ早い」

ラースは、鍋の中身をかき回し、浮かんできたあくを丁寧にすくっている。

その隣の鍋では、メルリノも同じようにあくをすくう作業にいそしんでいた。

「薪はもっといる? 俺、持ってこようか?」

「ハロにぃに、薪をお願いしてもいいですか?」

「任せろ!」

ハロンは薪を追加するために、パッと駆け出していった。薪は、広場の端に充分な量が準備されている。

（……うん、幸せだわ）

こうやって、たくさんの人がエルを見守ってくれている。なんていい日なのだろう。

「今日は盛況だな」

「はい、お父様！」

スープの味つけを終え、エルの仕事も一段落ついた頃、辺境伯ロドリゴと夫人のロザリアがやってきた。

ロドリゴは、縦にも横にも大きいこわもてな男性だ。

顔が怖く、力が強い上に声も大きいため、彼が苦手な子供は多い。エルも、最初に彼と顔を合わせた時には、乱暴にぐりぐり撫で回されて泣いてしまったものだった。

その横にいる夫人のロザリアは、実年齢よりも十歳近く若く見え、三人も子供を産んだとは思えないほどすらりとした美女だ。

ロドリゴとは結婚二十年近いはずだが、いまだに夫婦仲はアツアツと言ってもいい。

王都で社交に務めているため、ロザリアは辺境伯領にいないことも多いのだが、毎日通信の魔道具を使って夫婦の会話をしているそうだ。

今日は、エルのお披露目のために領地まで戻ってきてくれた。

「素敵に準備できたわね」

「お母様も素敵！」

今日のロザリアは、王都で着用しているものよりは簡素なデザインだが、それでも華やかな緑のドレスを身に着けている。何か領地でやらねばならないことがあるらしく、戻ってきてからも忙しく動き回っていたロザリアだが、しっかりエルのお祝いに参加してくれるのだ。

「いらっしゃい。あなたもお着替えをしないとね」

「はい、お母様！」

エル自ら料理を担当しているので、今身に着けているのは動きやすいワンピースとエプロンだ。エルのために用意されている服はどれも可愛らしいデザインのものだが、今日の主役としては、少し飾り気が足りない。

「さあ、行きましょう」

近くにとめられた馬車の中で、ロザリアとお揃いのワンピースに着替える。襟元にレースがついていて、スカートは三段のフリル。綺麗《きれい》な緑色のワンピースだ。

「いやあああああっ！」

「……え？」

ロザリアがいきなり奇声を発したので、エルは困惑した。「いやあ」って、何かやらかしただろうか。

「ああもうどうしましょう！　可愛いわ！　うちの娘が可愛い！　エルは世界一可愛いわ！」

「ありがとぉ」

ぎゅぎゅっと抱きしめられて、エルもにこにこである。エルが可愛すぎてつい奇声を上げたらしい。

そういえば、辺境伯領で身に着けるのは、可愛いけれど簡素なワンピースばかりだ。最後にドレスを着たのは、伯爵家との決着をつけるために王宮に行った時のこと。

あの時も可愛いドレスを着せてもらったけれど、皆それなりにピリピリしていたから、こんなことをしている余裕はなかったのだ。

「最高に可愛いわ。さあ、お祝いのパーティーを始めましょう」

ロザリアに手を引かれ、待っていた家族の元へと戻る。ロドリゴは、ロザリアとお揃いのドレスを身に着けたエルを見て顔をほころばせた。

「お父様、エル、可愛い？」

「ああ、いいな。ロザリアの見立ては完璧だ。いつも可愛いが、今日は特別に可愛いな」

「えへへー、お母様が素敵にしてくれたの！」

ロドリゴの腕に抱え上げられ、エルは彼の頬《ほお》に顔を擦り寄せた。

髭でちくちくすることもあるのだが、今日は事前に綺麗に剃っていたようだ。頬を寄せてもちくちくしたりジョリジョリしたりすることはない。

「ふふー、高いねぇ」

ロドリゴに抱き上げられていると、いつもより高い位置から見下ろすことになる。ご機嫌で、エルは広場を見回した。

鍋からは、いい香りが立ち上っている。いい香りをさせているのは、スープだけではなかった。

広場の端の方では、魔物の肉を丸焼きにしている騎士もいる。焼きたてのパンは、町のパン職人にお願いして焼いてもらったものだ。

もういつ祭りが始まってもおかしくない盛り上がりぶりで、自宅から持ち出してきたらしい酒のカップを打ち合わせている人達までいる。

「さて、皆集まったな？　今日は、エルが我が家に加わった祝いの日だ。たくさん食事は用意したから、思う存分飲み食いしろ！」

偉い人はこういう時長々と話をしそうなものなのに、ロドリゴは長ったらしい挨拶は好まない。簡潔にそれだけ言うと、渡されたグラスを掲げた。

「酒は泥酔しない程度にしておけよ。乾杯！」

「乾杯！」

集まっている町の人達も、それぞれ自分の家から食器を持ってきている。

ワインの樽がどんどん開けられて、気前よくワインがふるまわれる。その他の酒やジュースもどんどん出されているようだ。

「エル様、このスープは？」

「こっちが具だくさんのポトフ、フェザードランのお肉とミルクモーのミルクを使ったシチュー、それからこっちは味噌風味のスープね！　ピグシファーのお肉とたくさんの根菜が入ってるの。ちょっとだけ、ピリ辛のスープもあるよ！」

エルは、皆にスープを配る係を買って出た。

辺境伯家に引き取られて以来、城下町に買い物に出ることは何度もあったから、町の皆ともエルは顔なじみだ。

だが、先日までは〝いずれ娘になるかもしれない子供〟だったのが、今や辺境伯家の正式な養女となった。

もともと魔物との戦いの最前線ということもあり、魔物由来の素材や食材には困らなかったけれど、それを活用し、莫大な利益をもたらせるようになったのにはエルの働きが大きい。辺境伯領で暮らしている人達の間では、辺境伯家の娘になる前から一目置かれる存在になっている。

「……こんにちは、お嬢様。おめでとうございます！」

「ありがとう。楽しんでいってね！」

次々に差し出される器に、エルもせっせとスープを注ぐ。

ピリ辛のスープは大人達に大人気だ。子供の中には親のスープにスプーンを突っ込み、舌に伝わる刺激に顔をしかめている子もいた。

（皆、楽しんでくれているみたいでよかったなぁ……）

大人達には酒がふるまわれているが、子供達にも魔物の暮らしている森から採ってきた果実から作ったジュースをふるまっている。

辺境伯領では、甘いものは貴重品だったから、ここぞとばかりに子供達はジュースに群がっていた。帰りにクッキーを渡したら、どんな反応をするんだろう。それも楽しみだ。

「美味い！」

「甘くて美味しい！」

葡萄《ぶどう》に似た果実を絞ったジュース。エルも味見してみたけれど、とても甘い。

ワインの作り方はまったく知らないのだが、辺境伯領でこの果実を使ってワインを作ってみたらどうだろう。それもまた名物になるのではないだろうか。

（たしか、乙女が踏んで果実をつぶすんだよねぇ……？）

たぶんそれは昔の話。きっと日本では機械で果汁を取り出しているだろう。それはともかく、辺境伯領まで来てくれるワイン職人はいないだろうか。

「なあなあ、本当に辺境伯様の子なのか？」

「エル？　エルは養女よ。お父様とお母様の子になったの」

声をかけてきたのは、エルより少し年上、七歳ぐらいと思われる少年だった。茶色の髪に茶色の目。高級品ではなさそうだが、清潔な衣服を着ていた。

「なーんだ、もらわれっ子か」

「……そうだけど」

それは事実だ。エルは、カストリージョ家の娘ではなく、エスパテーラ伯爵の血を引いた娘。

だが、実の父に疎まれて、魔物が跋扈する森に捨てられた存在。

わかってはいたけれど、あえて口にされたら胸にずしんと重しを乗せられたみたいな気持ちになった。エルだけ、辺境伯領の人達と血の繋がりがないと突きつけられた気がして。

「だから何？　お父様とお母様は、エルが大好きだって言ってくれたもの」

じわりとエルの目に涙が浮かぶ。

実の親には愛されなかったけれど、実の親以上に愛してくれる家族に出会った。それが何よりの幸福だと思っている。もらわれっ子で何が悪い。

「にぃに達もエルのことが好きって言ってくれるもん……！」

「あ、あ、そうじゃなくて……！」

目を瞬かせて涙を追い払おうとしているエルの反応に、男の子は焦ったみたいだった――と、スポンッと男の子のお尻に何かが当たる。

「わ、わわ、なんだよ……！　ぎゃっ、精霊様……！」

男の子のお尻を叩《たた》いたのは、ベティを乗せたジェナだった。そのあとも、スポンスポンとジェナは男の子のお尻を叩く。逃げ出しても、やめなかった。

音を聞く限りでは、本当に軽く叩いているので、痛くはなさそうだ。追いかけられる側としては、いつ全力で叩かれるか怖いかもしれない。

ジェナから飛び上がったベティも、男の子を追いかけ回す。

逃げたはずの男の子は、エルの周囲をぐるぐると回っていて、エルからあまり離れないように巧みにジェナとベティに追い込まれていた。

それを見ながら、エルは目にたまった涙を追い払おうとなおも瞬きを繰り返す。

「どうした?」

そうしていたら、ひょいと顔をのぞかせたのはラースだった。

手には網の上で焼かれていたミルクモーの肉を持っている。ミルクモーと言いつつ、乳だけではなくて肉も美味なのだ。

塩胡椒だけでも充分美味しいけれど、今回は香辛料を振りかけたものも焼いていたらしい。

ラースの持っている串からは、香ばしい香りが漂っている。

「あの子、エルのこともらわれっ子って言った!」

「だから！　俺はそうじゃなくて！」

「うわーん！」

大好きな兄の登場で、緊張の糸が一気に緩んだみたいだ。涙腺が決壊してしまった。

ラースの服を掴んでぼろぼろと涙を零したら、ラースは話しかけてきた男の子を手招きした。

「エル、涙を拭いてください」

ラースのあとからやってきたメルリノは、膝をついてエルにハンカチを差し出す。

身をかがめて視線を合わせているラースに、男の子はこわごわと近づいてくる。ジェナとベティは、男の子を見張っているみたいに、彼の後ろに陣取っていた。

「……若様」

「うちの妹を虐めたのか？」

「い、虐めてない！　俺も一緒だって言いたかっただけで！」

「一緒？」

借りたハンカチで涙を拭いて、エルは男の子の方に向き直る。なんだ、虐められたのではなかったのか。

「お、俺ももらわれっ子で！　エル様と一緒だって言いたかっただけで……辺境伯様が、今の家に連れていってくれたんだよ」

リクと名乗った男の子は、もともと行商人の息子だったそうだ。

家族であちこち行商して回っていたのだが、この町に来たところで両親共に病気で亡くなったらしい。

両親が天涯孤独であったことから、リクを引き取ってくれる人はなく、ロドリゴの紹介で親を失った子供達が暮らしている施設に入ったそうだ。

それからしばらくして、リクを養子に欲しいという家族にロドリゴが引き合わせてくれて、今の家で暮らすようになった。他に妹と弟、やはり引き取られてきた子がいて、三兄妹で幸せに暮らしているのだとか。

引き取ってくれたのは商家で、将来は養父母の店をもっと大きくしたい。その夢をくれたのはロドリゴなのだと目をキラキラさせて語ってくれた。

「……エルと一緒ね？」

「うん。俺達、エル様と一緒。辺境伯様のおかげで、今は幸せなんだ」

ようやくラースから手を離し、エルは微笑んだ。右手を差し出す。

「よろしくね、リク」

「それで、妹がエル様と一緒に遊びたいって。エル様、嫌じゃないか？」

「ラスにぃに、メルにぃに、行ってきてもいい？」

辺境伯領で暮らすようになってから、エルは常に大人に囲まれていた。王都に友達になった女の子はいるが、顔は知られていても、ここではまだ友達と呼べるほどの存在はいない。

「悪かったな、リク。エルを頼むぞ」

「はい、若様！」

「あ、俺も一緒に行っていい？　他にやることもないし！」

「ハロにぃに！」

そこへハロンが合流する。

ハロンは、エル達と一緒に行くことを選んだようだ。ハロンの登場に、リクは目を輝かせた。

「ハロン様、すごい強いって本当？」

「俺は強いぞ。ラス兄さんの方が強いけどな。よーし、行くか！」

右手でエルの手を引き、左手をリクの肩に置いたハロンは笑った。ハロンが一緒に来てくれるのなら安心だ。

と、エルの肩がちょんちょんとつつかれた。

「フライパンのジェナと包丁のベティ。ふたりともすごいんだから」

今まで側にいてくれた精霊達は、エルにとっては友人達だ。ふたりがいてくれたから、美味しい料理を作れる。

「ジェナ様、ベティ様。俺、エル様を虐めたかったわけじゃないんだ」

リクは、ジェナとベティにも丁寧に頭を下げる。ジェナとベティが身体を震わせた。

「あのね、ジェナとベティも、誤解してごめんねって」

エルはなんとなく理解できるけれど、他の人はふたりが何を言いたいのかよくわからないみたいだ。だから、エルが通訳する。

「あ、そうだ。あっちに行こう！」

エルが示したのは、お土産のクッキーが置かれている場所である。お土産なのに、子供達は待ちきれなかったみたいでもう袋を広げて食べ始めていた。

「美味しい！　お嬢様、ありがとう！」

「でしょー！　騎士達が蜂蜜を採ってきてくれて、お屋敷の人達が焼いてくれたから、あとで皆にもお礼を言ってね！」

子供達の間から手を伸ばし、エルは袋をひとつ取る。

「食べてみて！」

「う、うん……」

エルが渡したクッキーを受け取って、リクはこわごわと袋を開く。一枚手に取り、口に運んで目を見開いた。

「うまっ、これ、めちゃくちゃ美味い！　甘い！」

「気に入ってくれてよかった！」

エルも一枚手にして笑う。

この日、ハロンに見守られながらリクの弟妹やその他の町の子達と遊び、新たな友達を得たエルは、辺境伯領での暮らしがますます好きになった。

◆　◆　◆

辺境伯領でのお披露目が終わったあと、エルには自由時間が増えた。

辺境伯領で様々な料理や菓子を開発していたのが、騎士団員達の料理の腕が上がったことによって、エルが直接厨房で腕をふるう機会が少なくなったからである。

その日のメニューを決めるのはエルだし、料理の監督のために一日三回厨房に立つけれど、騎士団員達が完璧に下ごしらえをしてくれるので、エルはほとんど手を動かさなくてもいい。

基本的な文字の読み書きや簡単な計算といった勉強は、今は兄達や騎士達が見てくれているが、前世の知識があるからか、エルの学習速度は速かった。

もう文字の読み書きは完璧だし、四則演算は前世から引き継いだ知識で大丈夫。

詰め込みすぎはよくないというわけで、字を綺麗に書く練習や、貴族の娘としての最低限のマナーの時間が終われば、基本的には好きに過ごしていて構わないというのが両親の判断だった。

（今日は、リク達とは遊べないしなー……）

ぽてぽてと廊下を歩きながらエルは考え込んだ。

お披露目の日に友人になったリク達は、今日は用事があって親戚の家に行っているそうだ。

それに、今日は兄達も手を離せないから、屋敷の外には出られない。

兄達は、エルと同じ年齢の頃から町に出かけていたらしいけれど、彼らとは違ってエルは自衛の手段を持っていない。ジェナとベティが護衛についてくれているとはいえ、ひとりで町に出るのは危ないから禁止と言われている。

そろそろ、料理の他にできることを増やしたい。

「お父様、エル、工房に行ってもいい？」

「工房に行くってどうしたんだ？」

執務室にいるロドリゴのところを訪れたら、彼はエルが工房に行きたがっているのに首をかしげた。

先日、大きな鍋を作ってもらったばかりだ。まだ、新しい調理器具の設計をしたいという話もしていない。工房に行きたがる理由に心当たりはないのだろう。

「エル、お裁縫を覚えたいの。だから、裁縫部の人にお裁縫を教わりたいな」

前世でもボタンつけや裾上げぐらいなら自分でできていたが、今回の人生では、針や糸を持ったことはない。裁縫ぐらいは身につけておくべきだと思ったのだ。

「まだ早いんじゃないか? お前は働きすぎだ」

「そんなことないよ？　ぬいぐるみを作ったり、お人形のお洋服を作ったりしたいんだもん」

この家に来てすぐ、兄達から、ハッピーバニーの毛皮で作ったぬいぐるみを貰った。

そのぬいぐるみは今、エルのベッドに三体仲良く並んでいる。

あとから裁縫部の人にお願いして服も作ってもらったけれど、服は赤と青の二着しかない。

「あー、ロザリアがいればロザリアに教われただろうけどなぁ」

ロドリゴは、天井を見上げた。側のデスクで仕事をしていたジャンが、柔らかな口調で会話に加わる。

「よろしいのではないですか？　今、裁縫部はそこまで忙しくないですし。刺繍《ししゅう》を教えられる者はいないと思いますが、針に慣れるのは悪くないかと」

「そうか、刺繍も覚えなきゃだったな。よし、しばらくの間、昼寝のあとに裁縫部で教われるよう調整してやろう」

刺繍が貴族女性の嗜みなのは、エルも知っていた。まだ刺繍を習うようにとは言われていなかったけれど、たしかに針と糸に慣れるのは悪くないかもしれない。

「ジェナとベティと一緒でもいいかな？」

「いいぞ。ふたりなら邪魔しないだろ」

「ふたりが待っていられる場所も用意してもらいますね」

嬉しい。

直接話をすることはできなくても、ジェナもベティもエルを支えてくれていることには間違いないのだ。

ジェナとベティのことを、ロドリゴや騎士団の皆が〝ふたり〟と、対等に扱ってくれるのが嬉しい。


翌日から、エルの日課に裁縫部での習い事が加わった。

午前中の勉強が終わったら、昼食の仕込み。

昼食のあと片付けを他の人にお願いして、昼寝をしたら裁縫部だ。裁縫部の仕事に問題がない時だけ行ってもいいことになっている。

今、裁縫部で働いているのは、五名だ。忙しい時期には、近隣の住民で裁縫の得意な人を臨時で雇うこともあるらしいが、今は正式な職員だけ。

裁縫部の主な仕事は、騎士団員の制服を作ることとその修理。それから、普段着も希望者の分は作るが、買ってくる人も多い。

魔物討伐に当たる騎士団員の制服は傷みが激しいから、討伐が終わったら補修して、必要があれば新しい制服に取り替える。

今は魔物討伐も落ち着いているし、急いで仕立てなければならないものもないらしい。そんなわけで、エルの裁縫指導は彼らに任されたのである。

裁縫部の職人達は、エルを歓迎してくれた。裁縫部にはエル用の高い椅子が置かれ、ジェナとベティが待っていられるように棚の一段が空けられていた。

ここに来るようになって三日目。エルが縫っているのは雑巾だ。ちくちくと丁寧に針を刺す。手が小さいから、運針は少々ぎこちない。

裁縫部にいるのは、怪我で騎士の仕事ができなくなった元騎士の男性がふたり。それから、騎士団員の家族である女性が三人。彼らは騎士ではないけれど、正式な騎士団の職員だ。

エルの指導に当たってくれるのは順番。今日は、若い女性だ。

「エル様、お上手ですね！」

「本当？　まっすぐに縫えてる？」

「はい。まっすぐ綺麗な縫い目ですよ」

裁縫部の職人が誉めてくれる。縫い目は比較的綺麗に揃っていて、まっすぐに縫えている。

前世での経験がここでも生きているように思う。きっと、普通ならもっと時間がかかりそうだ。でも、誉められれば気分がいい。

「エル、ぬいぐるみを作りたいの」

「いいですね！　もう少し運針に慣れたら作ってみましょう」

「ぬいぐるみ、縫えるかなあ？　お友達を増やしたいの」

以前兄達から贈られたウサギのぬいぐるみ達。毎晩一緒にベッドで眠っているけれど、そろそろお友達を増やしてもいい頃だ。

「難しいところはお手伝いしましょうか」

「うん！」

今度はウサギじゃないぬいぐるみにしよう。

どんな動物のぬいぐるみを作りたいのか、図鑑や絵本を持ってきて話し合う。エルが選んだのは、フェネックギツネに似た大きな耳を持つ魔物だった。

動物ではなく魔物に分類されているのは、弱いながらも水の魔術を使うかららしい。大きな動物や他の魔物に襲われた時は、雄がその魔術で群れを守るそうだ。

耳も目も大きくて愛らしい。ふさふさとした尾も魅力的だ。

「これは可愛いですねぇ……！」

「でしょー！」

誉められてエルはにこにことした。エルが持っている魔物図鑑をのぞき込み、ジェナとベティも身体を揺らす。ふたりとも、この魔物のぬいぐるみを作るのに賛成みたいだ。

「型紙は私が作りましょう。最初は、ぬいぐるみを縫い上げることに集中した方がいいでしょうから」

工房の人達が型紙を起こし、布を切る作業も手伝ってくれる。ぬいぐるみ作り二日目には、型紙からすべての部品を切り出すことができた。

「あとは、順番に縫い合わせていけばいいんだよね？」

「はい、ここの部分は、細かく縫わないと綺麗なカーブが出ないので気をつけてください」

日の差す明るい工房。

皆、それぞれの場所について、無言で針を動かしたり鋏《はさみ》を使ったりしている。この工房の空気が好きだ。

エルの側にはジェナとベティがいて、ふたりとも静かにエルの様子を見守っていた。ふたりに目があるかどうかはわからないけれど。

「気持ちいいねぇ……次は、ネズミのぬいぐるみにしようかなぁ。クマも可愛いよねぇ……フェザードランも楽しいかも。にぃに達がくれたぬいぐるみと一緒に並べておくの」

エルが話しかけると、ジェナとベティは静かに身体を揺らす。

兄達からぬいぐるみを貰ったのは、エルが森で拾われてすぐのこと。あんなにも手触りのいいぬいぐるみを抱きしめたのは初めてだった。

「できた！　綿を詰める！」

足の部品が出来上がったので、用意しておいた綿を詰める。ぎゅうぎゅうと力いっぱい詰めていたら、隣で作業していた人がのぞいてきた。

「見せてください。もう少しぎゅぎゅっと詰めた方がいいですね」

部品が縫い上がる度に、こうやって隣で作業している人がエルの様子を見てくれる。エルひとりで作るよりずっといい。

「ありがとう！」

「どういたしまして。エル様、それが終わったら、口を縫って閉じてください」

「はーい。楽しいねぇ……」

布の端が外に出てしまわないよう、中に折り込みながら、部品の口を縫い留める。

時々手を止めて足をぷらぷらさせて、そっと毛並みを撫でてみて。こうやって手を動かしている時間も愛おしい。

部品が一個完成したら、側にいるベティとジェナにも見せてあげる。ふたりとも上手だと誉めてくれているような気がして、エルの機嫌はますますよくなった。


すべての部品を縫い上げられたのは、縫い始めてから五日目のこと。

「組み立てるぞー！」

おーっとエルがひとりで右手を突き上げると、ジェナとベティがカタカタと音を立てる。話すことはできなくても、ちゃんと心は通じ合っているのだ。

裁縫部の人達も、ぱちぱちと手を叩いてくれる。

「ここを縫えばいい？」

「はい。しっかりと縫い留めてくださいね」

エルは隣に座っている人に教わりながら、ぬいぐるみを丁寧に組み立てていく。

白い毛皮を使ったのは失敗だったかも。縫っている間も汚れが気になる。縫い上げたら、メルリノに綺麗にしてもらおう。

（でも、一個作ったら次はもっと上手に作れるはずだもんね）

外からは見えないのだが、手足のところには、部品を仕込んで動くように作ってある。どんな格好で座らせたら可愛いだろうか。

目に使われているのは、丸く黒く輝く飾りボタン。

昔はロザリアのコートについていたボタンだと聞いた。生地が傷んでコートは処分したけれど、ボタンはいずれ使うかもと取っておいたそうだ。

鼻は黒い糸で刺繍した。口も黒い糸で刺繍してみた。

「でーきーたー！」

最後の部品を縫い留めて、エルは満足した声をあげた。

手と足を動かして、座らせてみる。

真っ黒な目が、まっすぐにこちらを見返してきた。口がちょっと曲がっているけれど、それが可愛さを増しているような。

「あああああっ、だめ、だめだってば！」

側でおとなしくしていたジェナとベティが、ぬいぐるみをちょんちょんとつつき始める。エルは慌ててふたりをぬいぐるみから引き離そうとした。

「そういう遊び方はしないの！　せっかく可愛くできたのに——あれ？」

エルの目の前で、ぬいぐるみが白く輝いた気がした。

この感じ、覚えがあるといえばある。

エルがじーっと見ていたら、ぬいぐるみは手も触れていないのに勝手に動き始めた。

四本の足をテーブルにつき、生まれたての小鹿のように足をぷるぷるとさせながら立ち上がろうとする。だが、パタンと前のめりに倒れた。

足をぱたぱたとさせ、体勢を整えてもう一度立ち上がろうとする。今度はぷるぷるしながらも成功し、テーブルの上をよたよたとエルの方に歩いてきた。

「おおお、これはもしや！」

この感じ——ジェナとベティが仲間になった時と一緒だ。エルは、ぬいぐるみの方に手を差し伸べた。

「もしかして、エルの新しいお友達？」

そう、というようにふさふさとした尾が揺れた。

エルは唇を尖らせた。精霊が宿った品と「友達」になるには名づけをする必要がある。

さて、どんな名前がいいだろう。

（うーん……）

ポン、と頭にひらめいたのは。

「スズ、スズってお名前どうかな？」

新しい精霊——スズはまたも尾を揺らした。今度は身体も前後に揺さぶっている。よほど気に入ったようだ。

「わあ、こんな風に精霊が宿るのね！」

「初めて見たわ！」

裁縫部の人達も興味津々だ。スズはよちよちと歩き、テーブルからエルの膝に飛び降りた。ジェナがすっと近づいて、そっと身体を差し出す。

「ジェナが乗りなさいって。一緒に行こう」

新しい友人が増えたのだ。まずは、父に挨拶しなければ。それから兄達にも紹介しよう。

「その前にお片付け！」

「エル様偉い！　私達もお手伝いしますね！」

自分で使った道具は、自分で片付けなければならない。

針や鋏が揃っているかを確認し、裁縫箱に片付ける。テーブルの上に散らばっていた糸くずもちゃんとゴミ箱に入れた。

「裁縫部の職人さん達、ありがとう！」

「どういたしまして！」

エルがお礼を言えば、職人達の声も綺麗に揃う。

「また来るね！」

「いつでもどうぞ！」

微笑ましそうな職人達に見送られ、エルはロドリゴのいる執務室へと足を向けた。きちんとノックをして、入室の許可を得てから部屋に入る。

「お父様、ジャンさん、見て！　エルの新しいお友達！」

「新しい精霊……ですか」

「何の役に立つんだ、そいつ。ジェナとベティは料理ができるが……」

新しい精霊を紹介するために執務室に行ったら、ジャンは興味深そうにスズをのぞき、ロドリゴは人差し指でスズの額《ひたい》をつついた。

「あっ！」

そんなに強い力ではなかったのだろうが、ロドリゴにつつかれたスズは、ジェナから転がり落ちそうになった。

慌ててエルがすくい上げようとしたら、スズはふわりと自分で体勢を立て直す。そのままふわふわ空中を漂って、ジェナの上に着地した。

「お料理できなくてもいいもん！　ふわふわしてて すっごく手触りいいんだから！」

贅沢にもハッピーバニーの毛皮を使っているから、手触りはものすごくいい。兄達から贈られたぬいぐるみと同じような手触りだ。

「や、別に責めているわけじゃ」

エルに睨《にら》まれて、ロドリゴは少々気まずそうだ。

「とても愛らしいお友達ですね。私が子供の頃、こんな友人がいたらいいなと思っていたのですが」

「スズ、ジャンさんにご挨拶して？」

四本の脚でしっかりとジェナの上に立ったスズは、ゆっくりと前に身体を傾けた。たぶん、お辞儀をしている。

ジャンが手を伸ばしたかと思ったら、スズの首にピンクのリボンを巻いてくれた。白い身体にピンクのリボン。可愛い。

「お菓子の瓶についていたものなのですが、どうですか？」

「ありがとぉ」

白いふわふわの毛並みにピンクのリボンがよく似合う。

「ジャン！　なぜお前が結ぶ！　俺に渡してくれればよかっただろうが」

ジャンは甘いものが好きなので、王都と行き来している連絡係に菓子を注文することがあるらしい。

たぶん、そうやって入手したクッキーか何かの瓶に結ばれていたものなのだろう。

そして、ロドリゴは往生際が悪い。なぜ、ジャンがロドリゴにリボンを渡さなければならないのだ。

「厨房に入ったら、スズは汚れちゃうねぇ……」

真っ白な毛皮を使っているので、間違いなく汚れが目立つ。厨房に入る時には、注意しなければ。

「よし、夕食の前に皆に紹介しような」

と、ロドリゴが言ったのは、辺境伯家では、朝と昼の食事は団員達と一緒に取るけれど、夕食は家族だけで別室で取るからだ。

この時間は、必要があれば団員には知らせない機密情報のやり取りに使われる。何もなければ、家族の団欒《だんらん》の時だ。

もちろん今日もエルは厨房に入り、料理当番達と夕食を作る。その間、ジェナとベティは調理場で大活躍。

新しく入ったスズは、調理器具が置かれている棚にちょこんと腰を下ろして眺めていた。

今日は、夕食を終えたらラースの部屋に集合になった。

靴を脱いで床の敷物の上に直接座る。ラースの部屋は、余計なものがなくて過ごしやすい。

「スズは偉いなあ。厨房ではエルの側には行かなかったんだって？」

ラースがスズの鼻をつつく。スズは不愉快そうに頭を振った。

「自分が真っ白なことをちゃんとわかってるもんねぇ」

ハロンが手を伸ばしてスズの頭を撫でる。その手つきは優しくて、スズもうっとりしているように見えた。

「今度はスズの席を用意しておきますね」

今日、エルと一緒に料理当番だったメルリノは、スズの場所を作ってくれるつもりのようだ。

「ありがと、メルにぃに。スズ、厨房に入らないとだめ？」

問いかけたら、だめと身体を横に揺らす。

汚れたらメルリノに綺麗にしてもらえばいいけれど、毎回彼のお世話になるのも申し訳ない。ちゃんと居場所を決めた方がよさそうだ。

「スズもエルが好きなんだな。俺達もそうだけどな」

「わわっ」

ひょいと手を伸ばしてきたラースに抱え上げられ、彼の膝に移動させられる。ちょっと身をよじってみたけれど、抜け出せなかったのでエルはあっさり諦めた。抱っこされるのは、気持ちがいい。

「あれ、エルはそろそろ眠いんじゃないか?」

ラースの向かい側に座ったハロンがエルの顔をのぞき込む。

「そんなことないもん」

ふわ、とあくびをする。身体はまだ五歳なので、すぐに眠くなってしまう。夕食後でお腹いっぱい。ラースの体温に包まれているからなおさらだ。

「お、エルはもう寝た方がいいな。誰が部屋まで送る?」

「僕が」

「俺も行く!」

「よし、じゃあ行くか」

誰が送るかなんて口にしたのはラースなのに、結局四人で部屋を出る。

「おし、抱っこ」

ハロンが手を差し出し、エルは素直にその腕の中に身を滑り込ませた。エルの部屋は近くにあるけれど、もう眠気に負けそうだ。

「大きくなったけれど、まだ、体力が追いついていませんね」

と、メルリノ。大きくなっても、兄達と同じぐらいの体力はつかないと思う。

メイドに手伝ってもらって入浴し、寝間着に着替えてベッドに入る。

辺境伯領に戻ってきた時、ロザリアが王都から小さな女の子に似合いそうなものをたくさん持ってきてくれた。

寝具もその中に含まれていて、今のエルのベッドに使われているのはレースのついたものだ。肌触りも最高によくて、中に潜り込むと幸せな気持ちになる。

いつものようにエルがベッドに入ったら、ぴょんとスズが飛び乗ってきた。そして、ごそごそと中に入り込み、脇腹のあたりに落ち着く。

「一緒に寝るの？　いいよぉ」

兄達から貰ったウサギのぬいぐるみは、右に二体、左に一体。

よしよしと眠りにつこうとしたら、いつもはベッドの側にいるジェナとベティまで潜り込んできた。強引にエルの左側に身体をねじ込み、ウサギとエルの間に入り込む。がたがたと身体を揺すると、落ち着いたみたいだった。

（……いいのかな？）

ジェナとベティが一緒にいたいと言うのなら止めるつもりもないけれど、お行儀が悪いと言われてしまわないだろうか。

一瞬そう思ったけれど、まあいいや、ということにした。だって、皆で寝た方が楽しいに決まっている。


「何で、フライパンと包丁がベッドにいるのさー」

と、翌朝迎えに来たハロンは呆れた声。

ケースに入っているから危なくないけれど、たしかにベッドに調理器具がいるという状況はおかしい。

「いいんじゃないですか？　エルは可愛いですからね。夜中に人さらいが来ても、ジェナとベティが一緒にいてくれたら安心――あ、もちろんスズもですよ」

と、メルリノは許容する方向だ。

ラースの方をちらっと見たら、彼は小さく肩をすくめた。

「精霊と通じることができるのはエルだけだからな、エルが好きなようにしたらいい」

「あ、俺も！　俺だって、別にだめって言ってるわけじゃないからね？　何でベッドにいるんだって、疑問なだけで！」

自分だけ仲間外れになりたくないのか、ハロンは慌てた様子で口早に続ける。

そんな兄達の様子を見ていたらなんとなくおかしくなって、エルはくすくすと笑ってしまった。

「スズと一緒に寝ると楽しいし、ジェナとベティが一緒に寝てくれたらもっと楽しいの！」

「それなら問題ないな。メルリノの言うように、側に護衛がいてくれると思えば安心だ」

ラースがスズをつつく。スズは左右に首を揺らした。可動する部品を入れてあるので、ジェナやベティよりもスズの動きは表情豊かだ。

夜中にこのベッドからエルを誘拐しようなんて人がどれだけいるかはわからないけれど、精霊達が一緒ならエルも兄達も安心だ。

こうして、エルに新しい友人が加わることになったのだった。

第二章　辺境伯家にお嫁さんが来るかもしれません

王都の騎士団から辺境伯領の騎士団に出向してきた騎士達が、王都に戻る日が近くなってきた。彼らは、荷物の整理を始めている。

「あれ、アルドは王都に戻らないの？」

「俺はまだ、辺境にいろって言われてるっすねぇ……」

エルに問われたアルドは、頭をかいた。王都で暮らしたいはずなのに、まったく悔しそうには見えない。

「いいの？　王都で結婚式するって言ってたでしょ？」

「結婚式はあっちでやるけど、エミーがこっちに来てくれるから問題ないっす。それに、ここは食い物が美味い」

エミーの名前を口にする時、アルドは本当にわかりやすくでれでれの顔になる。こんな顔をするようになるなんて、初対面の時には想像もできなかった。

「それは、エルのおかげ！」

笑ったエルは、胸を張る。

辺境騎士団の料理事情が大いに改善したのは、エルの手腕によるところが大きい。それは、エルだけではなく他の人達も認めているところでもあった。

「エミーさん、こっちで暮らすのだいじょーぶ？」

「もちろん。ここは安全だって、俺がちゃんと保証してるんで！」

「アルドの保証じゃ頼りないなぁ……」

「お嬢さんひでぇ！」

なんて言いつつも、アルドはけらけらと笑っている。

アルドだけではなくて、辺境騎士団がしっかり守っているので、街中に魔物が出たとしても被害が拡大することはまずない。

エルが辺境伯領で暮らすようになってから一度だけ街中に魔物が逃げ込んだことがあったけれど、周囲の住民は訓練通り辺境伯家の屋敷に逃げ込んだので人的被害は皆無。

「そろそろ着く頃なんすけど」

「着く？」

「新たに王都から来る連中っす。ビシバシ鍛えてやらんと」

「それをアルドが言っちゃうんだ？」

「お嬢さんひでぇ！」

同じ台詞《せりふ》を繰り返して、またもやけらけらと笑う。その笑いに無理をしている様子はまるで感じられなかった。

（うん、アルドはもう大丈夫だな）

辺境伯領に出向になった当初、アルドはすべてにおいて無気力だった。

婚約者がいるのに遠く離れてしまえば、自信もやる気も失うだろう。辺境に行く理由が、アルド自身の失敗にあったとなればなおさら。

なぜか婚約者に振られたと思い込んでいたアルドは、最初のうちはエルの目にもどうかと思われる態度だった。

だが、思いきって婚約者のエミーと連絡を取ってみれば、アルドは見捨てられてはいなかった。

エルから見れば、アルドと結婚しようというエミーの懐《ふところ》の深さには頭の下がる思いだが、そこはそれ、人の恋愛事情に必要以上に口を挟むべきではない。

時々、こうやってアルドを茶化すのはやめられそうにないけれど。

「辺境騎士団に来るのは、期待されてる証拠なのにねぇ……」

王都に行ってわかったことがある。

技量で言えば、辺境騎士団に属している騎士達の方が明らかに上だ。

辺境伯領ではちょうど真ん中あたりの腕のアルドも、王都の騎士団では上から数えた方が早そうな雰囲気だ。剣術は素人であるエルの目から見れば、だけど。

「俺だって知らなかったっすよ。辺境送りは左遷だと思ってたっす」

「辺境って言葉がよくないよね。田舎っぽいもん」

王都から来る騎士の中には、王宮を警備している王宮騎士団の騎士と、王都そのものを警備している王都騎士団の騎士がいるらしい。彼らは、辺境騎士団に出向という形で来る。

いずれにしても、魔物との実戦を経験することがほとんどない者もいるらしく、辺境騎士団での訓練は、将来有望な騎士を育てるという意味もあるらしいというのはロドリゴから聞いた話。

半分食材の確保のためであるとはいえ、毎日のように魔物との戦いがあり、常に緊張した状態に身を置いているから、自然と鍛えられるのかもしれない。

「あいつらは、王都に帰ったら王宮騎士団と王都騎士団で指導的な立場につくそうっすよ」

「アルドは帰らなくていいの——？」

たしか、アルドは王都騎士団からの出向だったはず。すっかり辺境騎士団の一員のような気もしているけれど。

「今は、ここで自分を鍛えたいっす。まだ、上に行ける気もするんで」

「へぇ」

今はこんなにもやる気に満ちている。人間、変わる時には大きく変わるものらしい。最初に顔を合わせた時とは別人のようだ。つい、アルドを見てにやにやしてしまう。

「ああ、ほら。後任の連中が来たっすよ」

「……今回は五人かぁ」

アルドと話しながら外を見ていたら、馬がこちらに近づいてくるのが見えた。

素早く数を数えてみる。比較的若い者が多いように見えるが、一番若そうな騎士は成人したばかり、もしくはもうすぐ成人という頃合いではないだろうか。

（にぃに達の友達にもなれるかも？）

なんて考えてしまうのは、辺境伯であるロドリゴにはジャンがいるからだ。

年は離れているものの、互いに信頼し合っているのをエルは知っている。

三兄弟はそれぞれ自分の役割というものをしっかり認識し、辺境伯領を支えていくつもりでいることも。

だが、未来の当主であるラースを、家族とは違う立場から支える人間がいてもいいだろう。

王都から来た騎士は、王都に戻ることになるのだろうけれど、そこから繋がる縁もあると思うのは間違っているだろうか。

（……なんて、今私が考えてもしかたがないんだけど）

エルの中には、大人の意識がまだ残っている。

五歳の身体に引きずられて幼い言動を取ることも多々あるけれど、こうしてじっと座って考えている分には、大人の意識が顔をのぞかせることもあるのだ。

「おし、出迎えに行くっす。お嬢さんはどうします？」

「エルはそろそろご飯作りに行かないと」

辺境伯家の子供達は、皆、それぞれに仕事を与えられている。

今のエルの仕事は、三度の食事に何を出すのかを考えることと、厨房で調理の監督をすること。

座っていた椅子からぴょんと飛び降りると、エルはアルドに手を振った。今日は新しく来た人達が喜んでくれる料理にしよう。

歓迎のためにエルが選んだのは、バーベキューであった。

この地の肉は美味しい。味つけは塩胡椒だけでも充分なほどだ。

バーベキューならば、あちこち人が動くから、歓談の場をもうけるという意味でもいいだろう。というわけで用意したのは、ミルクモーの肉。王都では超高級品である。

「今日はバーベキューにするからねー！　こっちのミルクモーは塊のまま焼く。こっちはいい感じに切って串に刺して」

「任せてください！」

てきぱきと騎士達に指示を出し、それぞれ適度な大きさに切り分けてもらう。大きな塊のまま焼いて焼けたところから取り分けるものと、野菜と一緒に串に刺して焼くもの。

それから、フェザードランの肉も。辺境伯家では、鶏肉の代わりにフェザードランの肉を多用している。これは甘辛いタレをつけて焼き鳥風にする。醤油とみりんをベースに、焼き鳥のタレもちゃんと開発済みだ。

どうせなら、豚肉の代わりに最近使われるようになったピグシファーの肉も味見してもらおうと一口サイズに切り分ける。ジューシーな油が、口の中で蕩《とろ》けるような味わいになるに違いない。

デザートに用意したのは、ベイクドチーズケーキである。ミルクモーのミルクから作ったチーズとブラストビーの蜂蜜を使ったものをオーブンで焼き上げた。

これは、つい先日レシピを完成させたばかりのもの。騎士達の中には甘いものを好む人も多いから、気に入ってくれるといいなと思う。

夕方、薄暗くなり始めた頃合いになると、庭に辺境伯家の屋敷で暮らしている人全員が集合した。

「じゃー、王都に戻るやつらは、送別会は改めてやるからな！　王都から来たやつらは歓迎するぞ！　とりあえず食え、そして飲め！」

食え、そして飲めと言ったわりに、ロドリゴの手にあるのはお茶の入ったカップである。普段は酒を好んで飲むのだが、今日は彼には飲めない理由があった。

「何で、よりによって俺が当番の日にバーベキューにするかなー！」

辺境伯家では、夜間も警戒のために一部の騎士が不寝番にあたることになっている。

見習いの騎士は免除されるのだが、団長も副団長も公平に順番が回ってくるのだ。三兄弟も今は免除されているが、近いうちにラースは当番に加わることになりそうだ。

「だって、お父様。今日は歓迎会でしょう？　美味しいお肉をいっぱい食べてもらわないと」

エルの手にあるのも、ロドリゴと同じお茶のカップである。

ジュースという選択肢もあるけれど、これから肉をたくさん食べる予定なので、口の中はさっぱりとさせておきたかったからお茶にした。

気配を感じたエルが振り返ると、そこにはベティとスズを乗せたジェナが漂っている。

ベティもスズも飛ぼうと思えば飛べるくせに、ジェナに乗るのを気に入っているらしい。

ジェナも嫌がってはいないみたいなので、最近はエルの後ろをぬいぐるみと包丁を乗せたフライパンがついていくようになっていた。

「精霊が食べられないのは知ってるけど、楽しい？　あとで、お礼するからね！」

楽しい、というように三者三様に身体を震わせる。精霊達は食べられないけれど、楽しんでくれているのならなによりだ。

一緒にベッドに入るのが何よりのご褒美に感じているようなので、今夜は寝る前にジェナとベティをピカピカに磨き、スズにはメルリノから浄化魔術をかけてもらってから一緒に寝よう。

寝室に何を持ち込んでいるのかと考えてはならないのだ。

「ま、当番を決めたのは俺だからな。しかたない」

ため息をついたロドリゴは、一気にカップを空にした。

「その分、私が飲んでおきます」

「お前なぁ……」

酒のグラスを掲げてにっこりとしたジャンに、ロドリゴは恨めしそうな目を向ける。

ジャンも酒を好むのだが、ひとりで飲んでいるところを見かけることが多い。甘味をつまみに、度の強い酒を飲むのを好むけれど、酔っているところを見たことはない。

「エル様に、送別会の日もバーベキューにしてもらえばいいではないですか」

「何を作るかは、エルに任せているからなぁ」

そんなやり取りを間近で見ているのも楽しいなんて言ったら、大人達に笑われてしまうだろうか。でも、ロドリゴとジャンのこんなやり取りは好きだ。

「エル、肉食べたか？」

「食べてるよぉ！」

両手に肉を山盛りにした皿を持ったラースがこちらに近づいてくる。まだ身体が大きくなっている途中だし、よく身体を動かすので、ラースは人一倍食べる。

「兄上、エルは一度にそんなに食べられませんよ。僕の串を少しかじりますか？」

「フェザードラン！」

メルリノは、焼き鳥風に串に刺して焼かれたフェザードランの肉をせっせと串から外しているところだった。

美味しそうなところだけを選んで、エルの皿に乗せてくれる。

エルの小さな身体でいろいろな種類を食べようと思ったら、少しずつ味見するのがちょうどいいのをちゃんとわかってくれている。

「じゃあ、俺のミルクモーもちょっとやろうな」

「はい、ラスにぃに！」

メルリノの行動に思うところがあったのか、ラースもすぐに自分の肉を切り分けてくれた。

自分よりいいと思ったアイディアをどんどん取り入れることができるのは、ラースのすごいところ。

ラース曰く「自分は頭がよくないので、弟達に助けてもらう」そうなのだが、素直にそうできる人はきっとそんなに多くはない。

「野菜も食べないとだよなー。じゃあ、野菜は俺と半分こ」

ハロンがエルの皿に乗せてくれたのは、焼いたニンジンとパプリカである。

兄ふたりの行動から、自分のやるべきことを見つけ出すのが上手なのがハロンだ。この三兄弟、いい感じにお互いに助け合っている。

「ハロにぃに！　チーズケーキも半分こ、して」

「いいぞー。俺はもう一個ケーキ貰おうかな」

「たくさん用意したから大丈夫！」

三兄弟の中で甘いものを一番好むのはハロンだ。

兄達がせっせと料理を運び、エルのところで切り分けて、味見させてくれる。エルの小さな身体でも、取り分けてもらえばいろいろな料理を味見することができた。

火のところで調理を担当しているのは、今日が料理当番の騎士達だ。焼きながら、頃合いを見てせっせと口に運んでいるから、ある意味今日は役得かもしれない。

「……あれ？」

ある程度、お腹がいっぱいになったところでエルが見たのは、隅の方でふくれっ面をしている騎士だった。

（ええと、たしか……クレオ・ブローク、だったかな？）

彼は、今日王都から来た騎士だ。到着したメンバーの中では一番若い。

黒い髪は短めに整えられている。じっと周囲の様子を見ている同じ色の目には、面白くなさそうな色が浮かんでいた。

「……ラスにぃに」

「どうした？」

「あの人、食べてないみたい」

エルが視線でクレオを示すと、ラースは口の中で「あー」とつぶやいた。それから、エルの方に身体を傾け、ひそひそと囁《ささや》いてくる。

「ここに送られたのが気に入らないんだろ。そういうやつはけっこういる」

「アルドとかアルドとかアルドとか」

「まあ、そういうことだ」

エルが辺境伯領に来てから、新たな人員が王都から来るのは初めてのこと。

ここに送られたことを不満に思っている騎士はアルドしか見たことなかったので、アルドの名が例に出されるのはしかたない。

「でもまあ、あのままじゃ腹が減って眠れないだろうな。どれ、ちょっと食べさせてくるか」

ひょいと立ち上がったラースは、足取りも軽く焼き網の方に向かう。ちょうど焼き上がった串を手に取ると、離れたところにいるクレオの方に歩み寄った。

「ほら、食っとけ。辺境伯領に来てくれるのをありがたいと思ってるんだから」

ラースとしては、新たに仲間になったクレオに気を遣ったのだ。だが、クレオはそのラースの気遣いを無駄にした。

「……辺境騎士団だけで辺境を守れないからだろ？」

「――は？」

ぶっきらぼうに返され、串を差し出したまま、ラースは固まった。あまりにも思いがけない発言だったらしい。

（……失礼なやつ！）

今のクレオの発言で、エルの中でクレオはだめな子に分類された。

辺境騎士団だけで辺境を守れないから、王都からの人員を受け入れているわけじゃないのに。

でも、アルドもそうだったように、ここに送られるのを左遷と思っている騎士も多いようだ。

次に国王に会うことがあったなら、そのあたりの意識改革もお願いしてみようか。いつ会う機会があるかはわからないけれど。

「……そう思うか?」

「当たり前だ。僕は、王都では将来有望って言われてるんだからな! 田舎者になんて負けるはずない」

ラースは最前線で立派に戦っているというのに、なんて言い草だ。

エルが立ち上がろうとしたら、そっとその肩を押さえたのはメルリノだった。

「メルにぃに、止めないで! エル、あの人に一言言ってやらなくちゃ」

「エルが出る必要はありませんよ?」

こんな時でも、メルリノの声は落ち着きを失ってはいなかった。面白くないと思っているのは、エルだけなのだろうか。

「そうそう、メル兄さんの言う通り。ラス兄さんに任せておけばいい。ああいうの、今までにも何人もいたしさ」

ハロンにいたっては、また串を手にもぐもぐとやっている。甘いものを食べたら、また塩気のあるものが欲しくなったみたいだ。

「よーし、じゃあ抜いてみろ。俺が弱いかどうか、自分で見てみたいだろ？」

「ラスにぃに、挑発した！」

エルは目を丸くした。普段ラースは、こんな風に人を挑発することなんかないのに。

左手をクレオに向かってひらひらさせたラースは、右手で側に置かれていた訓練用の剣を取り上げた。

いや、何でこんなところに訓練用の剣があるのだ。考えてはだめだろうか。

「……後悔するなよ？」

「するもんか。俺を誰だと思ってるんだ？　辺境伯家の跡取りだぞ？」

ラースはさらにクレオを煽《あお》る。

エルははらはらしているけれど、メルリノもハロンも動じていない。ハロンなんて、さらに追加のチーズケーキを取りに行っているぐらいだ。動じないにもほどがある。

（……あれ、お父様も）

ロドリゴも騒ぎに気づいているのにラースを止める気配はない。

それどころかにやにやとしているから、この状況を面白がっているようにしか見えない。お茶のカップを掲げて、何やら盛り上がっている様子。

本当にこれでいいのだろうか――と周囲を見回せば。騎士達はテーブルや椅子の位置をずらしたり、酔っぱらっている者に声をかけて移動させたりして広い場所を作っていた。

　こういう状況に慣れすぎている。

「わわ、大丈夫かな……」

「大丈夫。突っかかる元気があるってことはやる気があるってことですからね」

「アルドよりましだぞ？」

　メルリノとハロンの言葉に、背後から「ひでぇ……」とアルドの声が聞こえたけれど、メルリノもハロンもそちらにはいい笑顔で手を振っただけだった。

（やる気がないわりに親切だったけどね）

　と、こっそり心の中で思う。

　最初にアルドと間近で接したのは、ブラストビーの蜂蜜を採りに行った時。森の中を歩くのは大変だろうと、エルを抱えて運んでくれた。

「よし、じゃーやるかあ！」

　剣を肩に担いだラースは、ひょいひょいと手招きした。

　片手に剣を持ったクレオの顔にイラッとした表情が浮かぶ。

　ラースが、こんなにも人を挑発するのが上手だとは思ってもいなかった。エルはきゅっと胸の前で手を握りしめた。

（大丈夫、大丈夫……）

皆が魔物と戦うところを見る機会はあったけれど、訓練以外の場でラースが他人に剣を向けるのを見るのは初めてだ。

いくら相手がラースに対して無礼だったからといって、ラースが怪我をしないとも限らない。ひやひやする。

「先手は譲ってやるよ。ほら、かかってこい」

なおもラースはクレオを煽る。手を振る仕草だけではない。声音でも煽っている。

クレオの中で、何かがぶちっと切れる音が聞こえたような気がした。

「僕を馬鹿にするなあああっ！」

剣を構えたかと思うと、クレオは地を蹴った。ラースの元にたどりつくまで、ほんの一瞬。エルの目には何があったのかまったくわからなかった。

「遅い」

ラースは半歩動いただけ。そして、クレオの腕をぺちんと叩く。剣で叩いたというのに、痛みはほぼ感じないですむような勢いだ。

「まっすぐ突っ込んでくるだけじゃだめだぞ。ほら、もう一度」

「今のは様子見だ！」

クレオはまた声をあげた。

そして再び剣を振り上げる。

右から、左からと打ち込んでいくけれど、ラースはそれをすべてかわしていた。剣を使って受け流したり、わずかに身体をそらしたりすることによって。

「僕は……」

先に肩で息をし始めたのは、クレオだった。ラースは剣を使ってはいるが、動きは最小限。体力を消耗しないようにしていた。

「僕は、こんなところに来る必要なんてないんだ！」

叫んだかと思うと、クレオは再び剣を構えた。と、素早くラースに走り寄る。上から振りおろした剣の勢いは、ラースを殺そうとしているみたいだった。

「ラスにぃに！」

エルは思わず目を閉じる。今の勢いは、さすがのラースも避けきれないのではないかという気がして。

「――うわあっ！」

だが、響いたのはラースの声ではなくクレオの声だった。

こわごわと目を開いたエルの目に飛び込んできたのは、右腕を押さえて地面にうずくまってしまったクレオと、剣を振り抜いたと思われる体勢のラース。

ラースは地面に落ちたクレオの剣を拾い上げると、こちらに近づいてきた。

「悪い、手加減できなかった……！　メルリノ、頼む」

「わかりました」

ラースは最後まで手加減するつもりだったらしいけれど、うっかり手が滑ったようだ。指名されたメルリノは、ぱたぱたとクレオの方に駆けていった。

「回復魔術をかけますからね……って、兄上、骨折させてるし！　訓練中は気をつけてくださいねっていつも言っているでしょうに」

骨折してるって、聞いただけで痛い。エルは眉間に皺《しわ》を寄せてラースを見上げた。

「うん、俺が悪い。すまなかった」

痛みに顔をしかめたクレオは、無言で首を横に振る。メルリノが素早く回復魔術をかけていく。彼の回復魔術の腕はかなりのものなのだ。

「はい、これで治療は終わりです。今日は固定しておくので、動かさないようにしてください。明日からは、普通に動かして大丈夫ですよ」

辺境伯家の人間には珍しく、メルリノは剣は得意ではないということになっている。得意ではないというが、それは辺境伯家の他の人達と比べてのこと。辺境騎士団で充分やっていける腕の持ち主である。

ロドリゴを筆頭に、比較対象が悪すぎるだけだ。

回復魔術の得意なメルリノには、メルリノにしかできない役割がある。たとえば今、クレオを治療してあげたみたいに。

「……わかった」

けれど、クレオが口にしたのはそれだけ。メルリノにお礼すら言わずに行ってしまった。

お礼すら言えないなんて、無礼だ。エルは、ぷくっと頬を膨らませた。

「ラスにぃに、クレオは強かった？」

「まあまあってとこじゃないか。ハロンの方が上だな。あと、メルリノもあいつより強い」

「そりゃ、俺は訓練頑張ってるもん」

チーズケーキを飲み込んだハロンは、フォークをくわえて胸を張る。ハロンが頑張っているのは知っているが、魔物が跋扈する森のすぐ近所に住んでいて、半分遊び場のようにしていた人と王都で暮らしてきた人を比較するのはちょっと違う気がする。

◆
◆
◆

こうして、辺境伯家に新しい騎士達が加わった。

騎士団の方では訓練メニューを組み直したり、街中の見回りや夜間の警備の班組が変更になったりしたけれど、エルの日常が大きく変わるわけではない。

けれど、そんなエルの日常に大きな変化が起こりそうな出来事があった。

「え、ラスにぃに結婚するの？」

「や、まだ、結婚はしないさ。『素敵なお嬢さんがいるから会ってみませんか?』ってこと。あれだ、お見合いだ、お見合い。父上が決めたら俺は反対できないだろ」

話を聞かされて目を丸くしているエルに、表情を柔らかくしたラースは首を横に振る。

何でも、ラースにとある伯爵令嬢との縁談が持ち上がっているそうだ。

ラースは十七歳。エルは忘れていたが、この国では成人するのは十五歳だから、結婚を考えてもおかしくないお年頃だ。

「貴族の中には、幼い頃から結婚相手が決まっている人もいますが、我が家は、どちらかといえば本人に任せることにしていますからね」

と、説明してくれたのはメルリノである。

貴族の結婚というのは、互いの家の利益になる相手を選んで行われることが多い。政略結婚というやつだ。

だが、辺境伯家では、政略を目的とした結婚は、基本的には行わないらしい。

魔物退治をしなければならない最前線に来るのならば、夫や妻と心からの信頼関係がないと心を病んでしまうこともあるからだとか。

とはいえ、お見合いによる出会いの機会を否定する気はなく、今回は話を受けることにしたのだそうだ。

(……たしかに、王都のお嬢様だとここで暮らすの難しいかも)

エルは、この家に来るまでがあまりにもひどかったし、カストリージョ家の人達がエルのことを愛してくれたからすんなりなじむことができた。でも、普通はそうはいかないだろう。アルドのために王都からやってくるというエミーは、例外である。

「ラスにぃには結婚したいの？」

「ここまで来てくれる人なら、大切にしたいなぁ……今回は難しいと思うけど。俺、相手の人を知ってるんだよ。お互い気持ちがないとだめだろ？」

珍しくラースがちょっと困ったような顔をしたので、エルもそこで口を閉じた。

ラースの方は相手に好印象だけれど、相手の気持ちはまったく見えていないというところか。

（これは美味しいものを作っておもてなしするしかない……！）

エルがラースを応援できるとすれば、美味しい料理で相手の胃袋を掴むぐらいだ。この手で
エミーも辺境に来ることを了承してくれた。

ラースが剣の訓練に行くのを見送りながら考える。辺境伯領で手に入りやすい素材で、王都ではあまり見かけないもの。

（……シャーベットみたいなものはあるって言ってたよね）

氷魔術を使える人が果汁とシロップを混ぜたものを凍らせたシャーベットはあると聞いたことがある。ミルクシャーベットもたぶんあるだろう。

では、アイスクリームならどうだろう？

（……試してみるか）

そう考えたエルが呼び出したのは、騎士団の副団長のジャンである。

仕事の合間に厨房まで来てくれたジャンは、エルに呼び出されたことを疑問に思っている様子だった。たしかに、ジャンを厨房に呼び出すのは初めてだ。

「ジャンさん、お願いしちゃってごめんね？」

「いえ、エル様のお呼び出しなら、大切な用件なのでしょう？」

「んむー」

大切な用件であるのは間違いないけれど、副騎士団長をこんな風に使っていいのかは少し迷ってしまう。だが、ここはジャンの協力が欠かせないのだ。

「冷たくてあまーいお菓子を作りたいの。それで、氷が欲しいんだ」

口にしながらも、もじもじしてしまう。

やっぱり、副騎士団長を呼び出してまでお願いすることではなかったかも。けれど、ジャンは少し口角を上げた。

「承知しました」

材料は、卵、ブラストビーの蜂蜜、ミルクモーのミルクだけ。生クリームを使うレシピもあるけれど、辺境伯領産の蜂蜜もミルクも濃厚なので、生クリームを使わない方がよさそうという判断だ。バニラビーンズがあれば、バニラの香りをつけられたのに。

もしかしたら、ブラストビーの蜂蜜の割合を減らして砂糖も入れた方がいいかもしれないけれど、それは試作を重ねていく上で見つけるしかない。

幸い、ここではジャンのおかげで、氷には困らない。腹をくくって施策を繰り返そう。

材料を混ぜ合わせたら、ゆっくりと火にかけ、とろりとするまで丁寧に煮詰めて冷ます。

ジャンを呼ぶ前に、ここまでは準備しておいた。

そして、次の工程にジャンの力が必要なのだ。

大きなボウルにジャンが作ってくれた氷を入れたら、大量の塩を入れる。そこに混ぜた材料の入ったボウルを乗せて、ゆっくりと中身を混ぜていく。

「プリンを作るのかと思っていたのですが」

「プリンと材料は一緒よ？　分量と作り方が違うの」

ジャンにボウルを押さえてもらって、木べらでボウルをかき混ぜる。時間がかかる面倒な作業だが、しかたない。

（もっと、いい方法があればいいんだけど）

小学校の頃、夏休みの自由研究か何かで作ったのを覚えていてよかった。

やがて、金属製のボウルの側面に、アイスクリームが張りつき始める。それをはがすように木べらでかき混ぜ、再び張りつくのを待つ。

とても時間はかかってしまったけれど、なんとかアイスクリームを完成させることができた。

柔らかいが、とりあえず完成ということにしておく。

「できた！　ジャンさん、お味見どーぞ」

「よろしいのですか？」

「ジャンさんに氷を貰わないと、これは作れないから」

最初に試食するのは、作った人の特権だ。エルもアイスクリームを一口分すくって口に運ぶ。

「うん、美味しい！」

口に入れた瞬間は冷たくて、次に口に広がる優しい甘さ。

ちょっと蜂蜜が濃厚すぎるかもしれない。生クリームは入れないで正解だ。

「美味しいですね。これなら、甘いものを好む人に喜ばれそうです」

「でしょー！」

ジャンが甘いものを好むのはよく知っている。エルはもう少しだけジャンの皿に取り分けてやった。

「これ、うんと寒いところに置いておかないと溶けちゃうから……ジャンさんもっと食べて！あとは、にぃに達とお父様のところに運ぶ！」

「お手伝いしましょうか？」

今日は、兄達は、ロドリゴの執務室で手伝いをしているはずだ。四人ともきっと喜んでくれるだろう。

四人分どうやって運ぼうかと頭を悩ませていたら、調理台の上でフライパンがぴょんぴょん跳ねた。

「ジェナが運んでくれるの？」

そうだというように、今度は身体を左右に揺らす。ジャンを見上げたら、彼もうなずいてくれた。

「ジェナが運んでくれるのなら問題ありませんね。では、私は器を用意します」

ジャンが用意してくれたガラスの器四つにアイスクリームを盛りつけ、ジェナに乗せる。

いつもジェナに乗って飛んでいるベティとスズはどうするのかと思っていたら、自力で行くことにしたらしい。ジェナのあとについて、ふたりともふよふよと飛んでいる。

「お父様、にぃに達、ちょっといいですかー」

執務室に行って扉をノックしたら、内側から開かれた。一番扉に近いところにいたハロンが開けてくれたようだ。

「おー、エル。どうした？」

ロドリゴが、机に座ったまま手を上げる。ジェナが机の上に着地した。

「新しいおやつ、作ったの。味見してくださいなっ！」

ガラスの器に盛りつけられたアイスクリーム。銀のスプーンが添えてある。

「なんだ、これは……」

「アイスクリーム！　おいち！」

先ほどのジャンの驚きぶりを思い出したら、うっかり噛んだ。

この家に拾われたばかりの頃ならともかく、最近では上手に話せるようになったと思っていたのに。

「アイスクリーム……？」

最初に手を出したのは、甘いものが大好きなハロンだった。迷わずスプーンを手に、ぱくり。

「うっま！　これすごく美味い！　冷たくて……ああもうなくなった」

しょんぼりとしたのは、たったの三口で食べきってしまったからである。

「本当だ。美味い」

ラースも続いて食べ終えた。

そして、一番ちまちまと食べているのはメルリノである。少しずつスプーンですくって口に運ぶ。頬が緩んでいるから、美味しいと思ってくれているのは間違いない。

「これは美味いな。たくさん作れるのか？」

大丈夫。ロドリゴも気に入ってくれた。

「んーん。ジャンさんの協力がないとだめだし、とても大変」

手で作るのは大変だから、冷やしながら混ぜてくれる機械を工房の人にお願いした方がいい。

ロドリゴに許可を貰わなくてはと思っていたら先に彼から口にしてくれた。

「なら、工房に考えさせろ。あいつらも最近は調理器具を作るのが楽しいらしいからな」

と、ロドリゴは言ったけれど、間違いなく彼もアイスクリームを大量に食べたいのだと思う。

でも、工房で開発した機械で自動化できるのなら、エルの仕事は大いに減ることになる。

「……お願いしてみるね」

ラースのお見合い相手が来るまでに、アイスクリーム製造機が間に合わなかったとしても、
また、ジャンの手を借りれば作ることはできる。

ラースのお見合い相手も、アイスクリームを気に入ってくれればいいけれど、どうだろうか。

（……いい人が来てくれるといいな）

前世の基準で言えば、結婚を考えるにはまだ早いお年頃だけど、この世界ではもう成人だ。

改めて前世との違いを思い知らされたような気がした。

◆　◆　◆

ラースのお見合い相手が到着したのは、それから一週間後のことだった。

見合い相手の名は、リティカ・レジェンダ伯爵令嬢。

黒に近いこげ茶色の髪と同じ色の瞳をした可愛らしい女性である。ラースと同じ十七歳だと聞いているが、顔立ちは年齢よりも少し幼く見えるかもしれない。

その彼女に続いて馬車を降りてきたのは、王都でエルの友人となってくれた女の子だった。

「あれ？　イレネ嬢？」

スペランツァ伯爵家の令嬢である彼女は、エルより二歳年上だ。王都に滞在していた間は、エルを妹のように可愛がってくれた。

「びっくりした？　来ちゃった」

「来ちゃったって……びっくりしたよ、すごく！」

王都で会った時に、辺境伯領を訪れたいようなことを言っていたけれど、まさか本当に来るとは思わなかった。しかも、ラースのお見合い相手と一緒に。

「リティカお姉様とは親戚なの」

「そうなの？」

イレネの説明によれば、リティカの母がイレネの父の姉、つまりイレネの伯母。イレネとリティカは従姉妹になる。

伯母が早婚、父が晩婚だったために、リティカとイレネとの間には少々年齢差があるらしい。

リティカとラースの間に縁談が持ち上がっていると知ったイレネは、両親の許可を得て、一緒に辺境伯領までやってきたそうだ。

「でも、魔物が出るの怖くなかった？」

「怖くないって言ったら嘘になるけど、リティカお姉様が行っても大丈夫な場所なら、私も行って大丈夫かなって。それに、リティカお姉様のおうちの騎士達はとっても強いのよ！」

リティカの両親も当然同行することから、警護は厳重だった。辺境伯領に入ってからは、辺境騎士団も護衛についたし、安心できたとイレネは笑う。

気楽に行き来できるわけでもないけれど、きちんと準備をしておけば大丈夫だということを、イレネは身をもって実感したのだろう。

「でも、すっごく遠かった！　エルリンデ嬢の言う通り、お尻が痛くなってしまったわ」

以前は「エル」と名乗っていたけれど、家族が新しい名前をつけてくれたから、今の本名はエルリンデだ。でも、家族は皆エルのことを愛称で呼ぶ。

「エルはエルでいいよ？」

「……じゃあ、エルちゃんって呼んでもいい？　私のことも名前で呼んでいいから！」

「じゃあ、イレネちゃん？」

そう聞いたら、イレネは満面の笑みでうなずいた。

そうしている間にも、辺境伯家と伯爵家の両親達は穏やかに会話していた。リティカも、恥ずかしそうにラースに微笑みかけている。

（ラスにぃにのあんな顔、見たことなかったかも）

リティカに向けられるラースの目は優しい。エルに向けているのとは違う感情がそこにあるような気がする。

今日のラースは、婚約者候補を迎えるとあってか、髪をきちんと整え、いつもより華やかに装っていた。こうして見ると、顔立ちが整っているのがいつも以上にわかる。

（……リティカ嬢は、ラスにぃにのこと気に入ってくれるかな？）

ラースは以前からリティカのことを知っていたようではあるけれど、リティカはラースのことは知らなかったのではないだろうか。

（……あれ？）

でも、気づいてしまった。

一見微笑んでいるように見えるが、ラースに向けられるリティカの目には、なんの感情もこもっていない。好意がないのはともかくとして、嫌悪感もない。完璧な無表情だ。

これでは、関係を築く以前の問題かもしれない。

ラースとリティカは、ふたりでお茶の時間を過ごすことになっている。辺境伯家の中で一番いい応接間に、お茶の用意がされていた。

王都から大急ぎでやってきたロザリアの采配は完璧で、辺境伯家では見ないようなお菓子がいろいろとテーブルに並んでいるのをこっそり見てしまった。

メルリノとハロンは、ラースの代わりに騎士達と周囲の警戒だったり、訓練だったりで席を外している。

エルとイレネは、イレネの伯母とロザリアと一緒にお茶の時間を過ごすことになった。

「お母様、これ美味しい！　すごく美味しい！」

香りの高いお茶と共に出されたのは、なかなか辺境では手に入らないチョコレートである。

アーモンドやカシューナッツなどが中に入っているチョコレートは、前世ではさほど貴重な品ではなかったが、ここではものすごい貴重品だ。

「はわぁ……」

口に入れれば、濃厚な甘さとチョコレートの香りが広がる。

かじってしまうのがもったいなくて、いつまでもいつまでも口の中で舐めとかしていた。

最後に奥歯でアーモンドを砕いて終了。もうなくなってしまったのかと、ちょっぴり悲しい気持ちになる。前世だったら、コンビニに走ればすぐ買えたのに。

「王都でもチョコレートはなかなか買えないの。遠い国から輸入してるんですって」

「そうなの？　王都なら買えるかと思ってた！」

イレネの言葉にエルはびっくりした。

チョコレートは、この大陸の南の方か、海を越えた向こう側からの輸入品になるのだけれど、船に積める量に限界があってなかなか手に入らないそうだ。

大陸の南との間には、魔族の暮らしている地域があるため、南の国からの輸入も、そう頻繁に行うわけにはいかないらしい。

（ネーネさんにお願いしたら、持ってきてくれないかな……？）

エルが思い浮かべたのは、魔族の行商人である。

大きな声では言えないけれど、辺境伯家では魔族の行商人と取引をしている。彼女の持ってくる食材は、珍しいものが多い。

最初に会った時にはびっくりしてしまったし、当時は上手に会話できなかったけれど、あれから何度か顔を合わせているうちに仲良くなり、名前も教えてもらった。

「次に王都に行ったら探してみましょう？　こちらのクッキーも美味しいわよ」

「……うん！」

ロザリアの言葉には、満面の笑みでうなずく。

辺境伯領では、エルが考えたレシピで焼いたクッキーが特産品になりつつある。

だが、専門の菓子職人が作るものによると繊細さに欠けている。

材料がとても上質なので、その部分は「素朴さ」として貴族達に受け入れられているが、味の改良はまだまだできる。ただ、専門の知識を持っている人が周囲にはいないのだ。

「今回のお話、我が家としてはぜひお受けしたいと考えているのですけれど……」

「本人達の意思が大切ですわ。特に、辺境には辺境の苦労があるものですから」

伯爵夫人の方は、ラースとリティカの縁談を成立させたいらしい。

だが、ロザリアの方は慎重な姿勢を崩さなかった。さすが、ロドリゴと熱烈な恋愛結婚だっただけのことはある。

「珍しいものはありませんけれど、明日は若い人達で出かけてもらおうと思っています。もし、話を進めてもよろしいようでしたら、次は王都で」

「それがよろしいですわね。こちらの景色を見る機会はなかなかありませんもの」

どうやら、明日はラースとリティカはデートに行くようだ。

エルとイレネは顔を見合わせ、こっそりうなずいた。

お見合いの結果が、どうなるのか気になる。明日は、ラースについていってしまおう。


翌日、昼食後にラースとリティカは出かけることになった。

このあたりには、あまり珍しいものはないのだけれど、この地ならではの光景というのもある。結婚したらどんな場所で暮らすことになるのかも、事前に見ておいてほしいということなのだろう。

「では、行ってきます。リティカ嬢、手を」

「……ありがとうございます」

普段、エル達が町に出かける時は歩いていくけれど、リティカは貴族の令嬢である。令嬢は、自分の足では歩かないそうで、手回しよく馬車が用意されていた。

「エルとイレネちゃんは、卵を買いに行きます！」

右手を突き上げてエルは宣言した。別にまだ、卵を買う必要もないのだが、町に行く口実は必要である。

「出かけるのなら、ちゃんと護衛はつけるのよ？」

「メルにぃにとアルドと一緒に行く」

ロザリアが心配するので、ちゃんと大人と一緒に行く。事前にメルリノとアルドには、「ラースとリティカを見守りたい」と根回し済みだ。この辺、抜かりなくやっているのである。

「……それなら、安心ね。イレネ嬢、楽しんできてね」

「はい、辺境伯夫人。ありがとうございます！」

ラースとリティカがどんなデートコースをたどるのか、事前にこっそり調べてある。

まずは、町の中央にある広場。エルが辺境伯家の正式な娘になったことをお祝いしたのもこの場所だ。

次に行くのは、飾り物を扱う店。王都で流行りの品はないけれど、日常に使えるような安価な品は、このあたりの店にも置いてある。

それから、ブラストビーの蜂蜜や、それを使った甘味を出す店でティータイムを過ごすらしい。

（ラスにぃには……あ、いた）

馬車は少し離れたところに停めているようで、ラースはリティカと並んで歩いていた。もう広場の見物は終わったのだろうか。

「イレネちゃん、こっちこっち」

見つからないように、こっそりと少し離れたところからついていく。見失ってしまっても、ラース達がどこに向かっているのか事前に聞いているから大丈夫だ。

「……うむぅ」

そして、エルはさらに少し離れたところからついてきている護衛の気配を感じていた。

エルだけなら誰かひとりついてくればいいけれど、さすがに伯爵家の令嬢が同行しているとあって、メルリノとアルドだけでは不安だったらしい。

(……まあ、いいか)

イレネは、この状況を楽しんでくれているようだし。

「エルちゃん、エルちゃん、あれはなあに?」

「あれ？　あれは、包丁を研いでいるところ」

エルには最強の包丁であるベティがいるから、自分で包丁を研ぐことはないのだが、騎士団の包丁は時々職人が研ぎにやってくる。

「包丁を研ぐ?」

「うん。包丁って、使っているとだんだん切れ味が悪くなるの。ああやって研いであげることで、またよく切れるようになるんだって」

「へぇぇ、そうなの」

砥石に当てた包丁を滑らせている様子に、イレネの目が吸い寄せられる。

「剣とか、ナイフとか、刃物は全部そう。あっちは、お鍋の修理をしているところ」

「お鍋？」

「うん。ほら、持ち手のところがとれてるでしょう」

「お鍋を修理するなんて、考えたこともなかったわ」

そもそも店が少ないから、修理できなくなるまで修理して大切に使うのがこの地のやり方だ。鍋の取っ手が取れたら修理してつけたり、もし、紛失したのなら新たな取っ手を作ってつけたり。

騎士団の工房にも、時々手を貸してほしいという依頼が来ているらしい。

辺境伯領の人々の生活を守ることにも繋がるから、工房ではそういった依頼は断らないようにしているそうだ。

「……エルちゃん、あれは？」

「あれは、食材を売っているお店。たぶん、魔物のお肉じゃないかな」

店先にぶら下がっている魔物の肉から、イレネは目を離せないようだ。

もっとも、このあたりの肉を取り扱っている店の魔物肉は、辺境騎士団が狩ってきたものだ。

「……お肉」

凝視しているのは、イレネにとっては初めて見るものばかりだからだろう。

「エル様ー！　今日はどうしたんですか？」

店先からぶんぶんと手を振っているのは、友達になったリクである。

（まずい！）

ラース達のあとを追いかけているのがバレたら困る。

「エルちゃん、あの子は？」

「友達！」

手招きすると、リクはバタバタとこっちにやってきた。手には雑巾を持ったまま。店の手伝いをしていたらしい。

「……あ」

エルの隣にイレネがいるのには気づいていなかったみたいで、リクは慌てて雑巾を後ろにやる。

「お友達のイレネちゃん。お友達のリク」

互いを引き合わせると、イレネはにこにことして手を差し出し、リクはもじもじとした。このあたりでは見かけない綺麗な子に気後れしているのだろうか。王都で暮らしているだけあって、イレネは洗練されているのである。

「俺、掃除してたから……」

「気にしないわ。よろしくね！」

イレネはリクの手を取ってぶんぶんと振り、リクは真っ赤になってしまっている。エルとの初対面の時とはすごい違いである。

（……しまった！）

ラースとリティカを見失ってしまった。

だけど、すぐにベティがエルの肩をつついた。

安価なアクセサリーを売っている店から出てきたラース達は、次の目的地であるカフェに向かっている。

「エル達、こっそりラスにぃにの見守りしてるの。またね」

「わかった」

しーっと唇の前で人差し指を立ててから、リクは店に戻っていく。その後ろ姿を見送ったイレネは、改めてしみじみと口にした。

「あまりお店がないのね」

「うん。ここに住もうって人もあまりいないしねー」

最近はそこまで危険ではないけれど、やはり魔物が出没する地というのは恐怖の対象になるらしい。エルが来るまで、専属の料理人がいなかったというのもその表れだろう。

だが、今後は少しずつ増えていく予定だ。いや、増えていってくれたらいい。

カフェの前を通りかかったら、ラースとリティカは何事か話しているみたいだった。さすがに盗み聞きまではできないので、ふたりの表情から何があったのかを探るしかない。

(ラスにぃに達……大丈夫かな……)

ラースの方は穏やかな笑みを浮かべながらしきりに何か話しかけているけれど、リティカの視線は下に落ちてしまっている。気の進まないお見合いだったのだろうか。

(ラスにぃにはいい人だけど……貴族らしさっていう点では違うかも)

エルにとってはいい兄ではあるけれど、貴族の令嬢からしたら、物足りないのかもしれない。

だが、その答えをくれたのはイレネだった。

「もしかしたら、前の婚約者さんのことが忘れられないのかも」

「前の婚約者?」

「うん。すごく愛し合ってたんだって」

「婚約……愛し合ってた……?」

リティカには、幼い頃から決められた婚約者がいたそうだ。

両家の仲がよかったことから、自然と組まれた縁談だったそうだけれど、リティカも婚約者も相手を大切に思っていたらしい。

それは、幼いイレネの目から見ても「ふたりは特別」であることが伝わってくるほどだったとか。

だが、昨年、リティカの婚約者だった男性は、病気で亡くなってしまった。

伯爵家としても、リティカをいつまでも婚約者の決まらない状態に置いておくわけにはいかず、ラースとのお見合いが決定したのだとか。

(……そっか、だから)

きっと、ラースはリティカの過去を知っていて、彼女を気遣っているのだろう。お見合いをすると言っていた時、少し困ったような顔をしていたから。

——それなら。

きっと、ラース自身、リティカとの縁談が成立しなくてもいいと考えている。ふたりが望まないのなら、無理にくっつける必要もない。

でも、それはともかく少しでも楽しい思い出を増やして帰ってほしい。そう考えたら、エルにできることはそう多くない。

帰ったら、兄達に相談してみようと思った。

第三章　美味しいものは、皆で食べた方が美味しいでしょう？

ラースとリティカの縁談がどう転ぶかは別として、リティカのことを思いやっていたイレネの顔を思い出すと、エルの胸まで痛くなってしまう。

（……うん、こういう時は相談よね！）

エルひとりでできることはそう多くないから、こういう時は兄達に相談するに限る。

「ラス兄さんは、リティカ嬢のことを気に入っていると思うな」

「僕もそう思います。それが、恋愛感情なのかどうかまではわかりませんが」

デートの見守りから帰ってすぐ、メルリノとハロンにこっそり相談を持ちかけたら、そんな返事がきた。

やっぱり、ラースの方は好意的だったのか。ただ、それが恋愛感情かどうかわからないという点についてはエルも同意である。もしかしたら、婚約者を失ったばかりなのに、婚約しないといけないリティカに対する同情なのかも。

「リティカ嬢が帰る前に、楽しいことができたらいいと思って。イレネちゃんもだけど」

「エルの場合、むしろそっちが本命だろ？」

バレてた！

ラースとリティカの関係にエルが口を挟むつもりはないけれど、せっかくここまで来てくれた。イレネもいるし、皆で楽しいことがしたい。

縁談が成立しなかったとしても、いつか、リティカが「あの日は楽しかった」と思えるような、そんな思い出があればいい。

――とはいえ、ここは辺境伯領。

この地域では子供は五歳から森に入るとはいえ、ブラストビーの巣に蜂蜜を採りに行くのに、貴族のご令嬢をつきあわせるわけにもいかない。

それに、エルが持っている知識というのもそう多くないのだ。

そんな中エルが決めたのは、皆で料理をすることであった。

ラースとリティカのデートから二日後。すべての準備を終えたエルは、皆を厨房に集めることにした。

「ラスにぃには、パンケーキを作るのが上手でしょう？　それから、メルにぃには、生クリームを泡立てるのが上手だし、ハロにぃにはアイスクリームを作るのを手伝ってほしい」

ラースのお見合い相手に食べてもらおうと思っていたアイスクリームは、アイスクリーム製造機の開発が間に合わなかったために、全員分の量を確保できなくて、大人達も交えてのお茶会では出されなかった。

だが、初めて食べるものを皆で作るのは、きっといい思い出になるはず。

お菓子作りには、リティカとイレネにも参加してもらう。

「さて、皆さん。お支度はよろしいですかー」

厨房に集まった皆を見て、エルは右手を突き上げた。

ラース達もそうだけれど、リティカもイレネもエプロンをつけている。リティカが着用しているのはロザリアのもので、イレネにはエルの分を貸した。

「わ、私……厨房に入ったことってなくて……」

と、困った様子のリティカ。

普通の貴族令嬢は、自分で料理をすることはないし、お菓子を作るのもごく一部。厨房に入ったことがない人の方が多いはず。

「だいじょーぶ。エルが全部教えます！」

辺境騎士団の面々にも、必要があればエルが料理を教えた。「左手は猫さんにして食材を押さえる」と教えたら、ずいぶん笑われたっけ。

「悪いな、リティカ嬢。辺境伯家はこうなんだ。もし、リティカ嬢がうちに来てくれるのなら、時々料理当番をすることになるかもしれない」

「料理当番……」

さすがに料理当番までは事前に聞いていなかったのだろう。ラースから、ロザリアも厨房に入ると聞いてますます困った顔になっている。

「リティカ嬢、エルも厨房にいるし、そんな難しいことはしないから大丈夫よ？」

凝ったものを作る機会というのはそう多くない。だが、エルの言葉にもリティカは不安そうな様子を隠せないまま。

「私、私は何をしたらいいの？」

「ふふーん、イレネ嬢にもお手伝いあるよ！」

まずは卵を割って、ミルク、砂糖と混ぜ合わせる。ブラストビーの蜂蜜は、風味をつけるために少しだけ入れる。レシピは、リティカ達が来る前に調整済みだ。

「俺がボウルを押さえててあげる」

ハロンがボウルを押さえて、イレネが泡立て器でかき混ぜる係だ。

初めての経験らしく、イレネは唇を突き出していた。夢中になっていて、自分が唇を尖らせているのも気づいていない様子だ。

ハンドミキサーは開発済みだけれど、今回はあえて手でやってもらう。

「……こんな道具もあるのね」

珍しそうに、リティカはボウルをつついた。

あいかわらず表情は動かないけれど、少しだけ好奇心をそそられているみたいだ。

きっと、リティカは心優しい令嬢なのだろう。

だって、大切にしていた婚約者を失った直後、他の人とのお見合いをしなければならなくなったら、なじむ努力を放棄してもしかたないと思う。

だけど、リティカは、ラースとの対話を最初から拒むことはなかった。今だって、もし将来辺境伯家に嫁ぐのなら必要だからと厨房にまで入っている。

「リティカ嬢もやってみる？」

「え、ええ……」

勢いよくジェナが魔道コンロに飛び乗った。今のジェナは、魔道コンロの熱がなくても、自分で自由に温度を調整できるのだが、あえて魔道コンロの上を選んだようだ。

「リティカ嬢、じゃあ、これを混ぜて」

イレネが混ぜてくれたソースを、フライパンに注いでいく。ジェナがぷるぷると身体を揺らした。

「ゆっくり、丁寧に混ぜてねー」

火加減の方は、ジェナが完璧にコントロールしてくれる。おっかなびっくりといった様子で、リティカはフライパンの中身を混ぜていた。

腰が完全に引けていて、不自然に背中を折り曲げた姿勢だけれど、今はそこを指摘しなくてもいいだろう。

（――よし！）

そうしたら、次の工程だ。ある程度煮詰まったところで下ろし、別容器に移してから、氷を敷き詰めたバットの上で冷やす。

　この氷はもちろん、ジャンにお願いして出してもらったものだ。

「エルちゃん、お菓子作りって楽しいわね！」

「でしょー！　お料理するのも楽しいんだから」

　イレネは、ボウルに注いだ材料をかき混ぜたことで、すっかりお菓子作りが楽しくなったようだ。

　次は何ができるのかと、目をきょろきょろとさせている。

　アイスクリームになるソースを冷ましている間に、次の仕事だ。

「では、僕がクリームを作りますね」

　メルリノが生クリームを作り始めた。ボウルに入れた生クリームを、泡立て器で一生懸命混ぜていく。

「メルリノ様、それ、私もできますか？」

　イレネがそっと手を上げた。んーと唸って一瞬天井を見上げたメルリノは、そっとイレネと場所を代わる。

「……重いわ！」

「イレネ嬢、もっと強く混ぜてください」

「むりぃ……！」

途中で音を上げたイレネとメルリノが再び交代。それを横目で見ながら、ハロンはジェナとボウルを洗い終え、まな板と包丁を用意してくれる。

「エル、準備できたぞ！」

「リティカ嬢、切ってみる？」

エルはリティカに声をかける。リティカはうなずき、置かれた包丁にこわごわと手を差し出した。

「待って、リティカ嬢。それなら、ベティを使った方がいいと思う」

どう見ても包丁を握ったことがなさそうだったので、エルはそっとベティを差し出した。

「え、でも……」

「ちょっと手が滑っても、ベティならリティカ嬢を傷つけないから大丈夫！」

危なっかしい手つきだが、ベティならばなんとかしてくれる。エルの友人は、エルの大切な人を傷つけることはないのだ。

左手でオレンジを押さえ、そっと刃を入れるリティカが息を詰めているのが、エルにも伝わってきた。

「――切れたわ！」

オレンジを半分に切っただけ。

それでも、リティカにとっては大冒険だったようだ。あまり表情の浮かばなかった彼女の口角が上がっている。

「リティカお姉様、私も切ってみたいわ」

そっとイレネも手を出してみる。丁寧に、丁寧にベティでオレンジを四分の一にする。イレネに負担をかけないよう、ベティは自分で動いてくれたようだ。すんなりとオレンジは切れた。

「おおおおっ！」

思わず、といった様子で、イレネの口から淑女らしからぬ声が漏れた。すぐに真っ赤になって、エルの方を振り返る。

「私、上手にできた？」

「うん、とっても上手！」

キラキラした目をしているから、エルも楽しくなってくる。

そんなことをしている間に、アイスクリーム用のソースが充分冷えた。今度は、ボウルに移してかき混ぜる。

前回同様、氷を敷き詰めた器に塩を入れ、その上にボウルを乗せる。

「ちょっと待ってから混ぜる！　エル、俺がやっていいだろ？」

「いいよ！」

ハロンがボウルを混ぜ始めるのを、イレネはじっと見ていた。両手を開いたり閉じたり、そわそわとしている。

皆がアイスクリームを準備している横で、ラースはさくさくと材料を計量し、ボウルに入れて混ぜていた。彼が作っているのは、パンケーキの生地である。

「エル、そろそろパンケーキ焼き始めていいか？」

「いいよぉ」

何度も焼いているから、ラースはもうパンケーキの達人だ。彼が作ってくれるパンケーキはふわふわとして美味しいのだ。

「ジェナ、手伝ってくれ！　いいだろ？」

ひょいっと空中を飛んだジェナは、ラースのすぐ側に着地。リティカもイレネもその様子を、目を丸くして見つめていた。

「不思議な光景だわ……」

思わずと言った様子で、リティカがつぶやいた。魔術を使える人はそれなりの数いるけれど、精霊と通じ合える人は多くない。

その中でも調理器具に精霊が宿るケースというのは今までに例がなかったそうなので、ますます不思議に思えるのだろう。

「ラスにぃには、パンケーキを焼くのがとても上手なの！」

「そうなの？」

ラースがパンケーキを焼くのが得意なんて、リティカは知らなかったらしい。

少し前まで、辺境伯領は甘味が乏しかった。

エルが前世の知識を引っ張り出して料理やお菓子を作り始めたのは最近のこと。ジェナとベティの協力がなければ無理だった。

騎士団員全員で料理当番を順番に担当していることもあり、ラースは最初からお菓子作りに抵抗がなく、近頃、エルや甘いもの好きなハロンのためにせっせとパンケーキを焼いてくれるようになった。

続けていたら、いつの間にか名人になった。ラースはいいお兄ちゃんなのである。

「これは、何を作っているの？」

「ハロにぃには、アイスクリーム作ってる。きっと、リティィカ嬢も気に入ってくれると思うな！」

リティィカはハロンの手元にも興味深々だ。

ボウルをのぞき込む彼女の目は、好奇心を隠せてはいない。恋愛がからまなければ、リティィカの感情も少しは動くようだ。

ボウルの中で、少しずつアイスクリームの原液が固まり始める。リティィカは、その光景をまた目を丸くしてみていた。イレネなんて、口まで開いてしまっている。

「リティィカ嬢も混ぜてみる？」

ぼーっとかき混ぜるハロンを見ていたリティィカにハロンが声をかけると、リティィカはおそるおそる混ぜ始めた。だが、混ぜ始めるとすぐに確信を持った動作に変わる。

「リティカお姉様、代わって。私もやりたい！」

ボウルを混ぜる係をリティカとイレネで交代。

その頃には、パンケーキの焼ける甘い香りが厨房に漂い始めていた。

「なあ、エル。そろそろ皿を出してもいいか？」

「ハロにぃに、お願い！」

「じゃあ、僕は……ナイフとフォークをもう並べちゃいますね！」

ハロンが戸棚から皿を出し、メルリノはお茶に必要な道具を、応接間のテーブルに並べに行く。

厨房に漂う甘い香り。じゅうじゅうという音。

（あれ、リティカ嬢……）

ラースは真剣な顔でパンケーキを焼いていて、そんな彼をリティカはじっと見ていた。寂しそうな表情で。

もしかして、元の婚約者を思い出しているのだろうか。

（ラスにぃにには、ラスにぃにのいいところがあるんだけど……）

ラースとリティカが、自分達にとって一番いい結論を出せればいい――進めるにしても、話そのものをなかったことにするにしても。

「エル、焼けたぞ。皿に乗せていくな？」

焼き上がったものから順にパンケーキを皿に乗せていく。今日は、これだけではないのだ。

「リティカ嬢、手伝って！　生クリーム絞るの！」

一度エルがお手本を見せてあげて、次にリティカが絞り袋を手に取る。

「出すぎたわ！」

ぎゅっと絞りすぎて一気に生クリームが出た。でもきっと、初めてならこんなもの。

生クリームの側に出来上がったばかりのアイスクリームをトッピング。砕いたナッツとオレンジを添えれば見た目も鮮やかな一皿の出来上がりだ。

わいわい言いながら、リティカとイレネが焼き上がったパンケーキにトッピングを乗せていく。

「……私、お料理できたわ」

「私も！　リティカお姉様、あっちで一緒に食べましょう」

自分達の力で作ったパンケーキが、リティカもイレネもとても気に入ったようだった。イレネはそわそわと身体を揺らしている。

出来上がったパンケーキをワゴンに乗せ、全員分を一度に運んでしまう。

「よかった。こっちもちょうどお湯が沸いたところですよ」

一足先に応接間に移動したメルリノは、食器を並べ終えてからは、お茶をいれるためのお湯を準備したりしてくれていた。こういうところは、気が回る。

お茶をいれるのは上手なメイドにお任せして、皆、それぞれの席に着く。

「美味しい……」

ラースが焼いたパンケーキに真っ先に口に運んだリティカは、目を丸くした。

「でしょー！」

リティカが喜んでくれたので、エルも満面の笑みである。

「私、自分でお菓子を作るなんて考えたこともなかったわ」

「ここには菓子職人はいないからな。自分達で作るしかなかったんだ」

しみじみとしているリティカに、ラースも満足そうだった。作ったものを喜んでもらえるのが嬉しいのは、エルはよく知っている。

「……んん、美味しいっ！　いいなあ、エルちゃんはいつも美味しいものが食べられて」

イレネは、淑女の仮面はどこにやってしまったのか、アイスクリームに夢中である。

冷たくて甘くて口に入れると溶けてしまうアイスクリーム。

シャーベットや、氷を砕いて甘いシロップをかけたものは食べたことがあるだろうけれど、アイスクリームは初めてだろう。

「辺境伯領では、美味しいものが食べられると聞いていたのですが……アイスクリームと生クリームをパンケーキに乗せると、また違った味わいになるのですね。アイスクリームは、どこで買えますの？」

　リティカもアイスクリームが気に入ったようだった。

　そのまま食べてみたり、パンケーキに乗せてみたり。生クリームとアイスクリームを半々にして食べてみたりと、あらゆる食べ方を試している。

「リティカ嬢……アイスクリームは、まだ売ることができないの。だって、作るのとても大変だったでしょう？　作り方は教えてあげられるけど、氷の魔術を使える人、おうちにいる？」

　エルの返事に、リティカはがっかりした顔になった。

　辺境伯領に来てまだ二日だが、到着した時より表情が豊かになった気がする。それはそれで、彼女のためにはいいことなのではないだろうか。

「今、工房の人達が頑張ってくれているの。もしかしたら、アイスクリーム製造機がそのうちできるかもしれない」

　余計なことかな、と思いながらも付け足してみる。

「そうなの？　それは楽しみね。発売したらすぐ買えるようにお父様にお願いしておくわ」

　花がほころぶように笑ったリティカの顔は、エルの胸にもしっかりと刻み込まれた。あとで、工房の職人達に差し入れをして頑張ってもらおう。

「イレネちゃん、エル、今度王都に行くの。また、遊びに来てくれる？」

「行くわ！　でも、どうして王都に来るの？」

「お父様が王宮に行かないといけないし、アルドの結婚式もあるから」

アルドとエミーは王都で結婚式を執り行うことが決まっている。

このところのアルドはちょっとでれでれしすぎで時々気持ち悪いのだが、エミーがしっかり手綱を取ってくれるから大丈夫。

別の用件もあるため、辺境伯家もそろって王都に行く予定なのだ。

「アルドってあの人でしょ……ちょっとチャラチャラしてて、騎士っぽくないわよね」

「チャラチャラ……」

「私、硬派な男の人が好きなの。あの騎士はだめね」

こんなところで、思いがけないイレネの好みを聞いてしまった。

たしかにアルドはチャラチャラした外見の持ち主だ。必要もないのに半端に伸ばしている髪とか耳飾りとか。

「たぶん、アルドにもいいところはある……たぶん……」

エルの反論も、ちょっぴり自信がなくなってしまったが、日ごろの行いだからしかたない。

それはともかくとして、イレネもリティカもここでの滞在を楽しんでいるようだからよかった。

こうして、何日かを共に過ごし、ラースとリティカが充分交流できたと判断された頃。伯爵家の一行は、辺境伯家を去ることになった。

伯爵家一行が出発しようとしたところで、ラースはリティカに声をかけた。

「――リティカ嬢」

「は、はい」

「俺は、リティカ嬢は、元婚約者のことを忘れる必要はないと思うんだ。大切だもんな」

やはり、ラースは、元婚約者のことを知っていたのだ。エルが息を詰めて見ていたら、ラースは小さく笑った。

「でもまあ、うちはこんなところだし、俺はがさつだし、料理も……エルの料理は美味いけど、しょっちゅう外で肉焼くし。王都の流行もここには来ないし。だから、無理は言えないけど、リティカ嬢がその気になったら……また遊びに来てくれたら嬉しい。イレネ嬢はエルと仲良しだしな」

リティカは、元婚約者のことを忘れるようにと家族から説得されていたと聞いている。みるみるリティカの目に涙が盛り上がる。

「えー、ええ、俺、悪いこと言った？　ごめんな？　泣かせるつもりは――」

エルが泣くのには慣れていても、同じ年頃の令嬢が泣くのには慣れていないのだろう。ラースはおろおろとし始めた。

「いえ。ラース様……今はまだ、無理――ですけど。次は、王都でお目にかかれたら嬉しいです」

と、リティカは目に涙を浮かべながらも笑う。

ラースは困ったように両手をワキワキさせていたけれど、そこにスズがさっと駆け寄った。顎の下にエルのハンカチを挟んでいる。

（あれ、いつの間に持っていったんだろう……）

鞄《かばん》の中に入れていたハンカチを、スズが持っていったのには気づいていなかった。ラースも困っていたみたいだし、いい仕事をした。

「え、えと、これ……使ってくれ……」

そのハンカチはエルのだと主張してもよかったけれど。エルは大人なので、黙っておいてあげよう。

「……エルちゃん」

「イレネちゃん？　どうしたの？」

うーと唸ったイレネは、エルの肩に顔を伏せた。ぐすん、と鼻をすする音がする。

「リティカお姉様……ずっと泣いてなかったの。だから……」

そうか。イレネも、リティカのことをずっと気にかけていたのだ。エルに会いたいと思ってくれたのもあったのは本当だろうけれど、それ以上にリティカが心配だったに違いない。

（こんなに小さいのに……イレネちゃんてば）

エルはもっと小さいのだが、そこはひとまず置いておくとして。ハンカチを差し出そうとしたら、スズがラースに渡してしまったので持っていなかった。

「……エル？」

ラースの目が、こちらに向く。イレネがリティカを心配していたと、今リティカには気づかれない方がいい。きっと、リティカの負担になってしまう。

「わーん、イレネちゃん帰っちゃやだー！」

「エルちゃーん！」

イレネが帰ってしまうと実感したら、自然と涙が出てきた。ここまでするつもりもなかったのに。

「イレネちゃん、また会おうねー！」

「会いましょ……王都で……うわーん！」

イレネとエルがわんわん泣き始めたので、その場の空気はすっかり壊れてしまった。でも、このぐらいできっとちょうどいい。自分の気持ちを正直に口にできるのなら、その方がいい。

そんな騒ぎがありながらも、王都での再会を約束して、伯爵家の一行は辺境伯家を去ったのだった。

◆　◆　◆

イレネとリティカが戻って一週間が過ぎた頃。エルもロドリゴに連れられ、王都に向けて出発した。

もちろん、三兄弟も一緒。アルドは結婚式の主役なので王都に行かないという選択肢はない。そして、新たに配属された騎士の中からクレオも王都に行くメンバーに選ばれた。

王都の屋敷では、やはり皆が歓待してくれた。辺境伯領の屋敷も好きだけれど、王都の屋敷も好きだ。

ロドリゴとロザリアは、国王に呼び出された仕事で忙しく、ラースは王宮騎士団での訓練に参加、メルリノは王宮魔術団の訓練を中心に、ハロンは王宮騎士団と王宮魔術団の訓練を半々に受けている。

前回は、騎士団の訓練にしか参加できなかったから、今回は魔術の訓練もできていいらしい。

「行ってらっしゃーい」

皆が出かけてしまうと、エルはひとり屋敷に残されることになる。

「帰ってきたら遊ぼうな」

と、エルの頭をかき回すのがラース。

「帰りに書店に寄って、エルに読めそうな本を探してきますね」

と知的好奇心をくすぐろうとするのがメルリノ。

「帰ってきたら、おやつを一緒に食べような。帰る途中で甘いの探してくる」

と、食欲が先に走っているのがハロンである。エルは、にっこりとして兄達を見送った。

「……面倒だな」

「お父様、お仕事はしないといけないと思うの」

と、出かけたくなさそうなロドリゴのお尻を叩いてやり。

「……エルちゃんと一緒にいられる時間は短いのに……」

「エルも、お母様と別なのは寂しい……」

と、こちらもまた出かけたくなさそうなロザリアにはぎゅーっと抱きつく。

ロザリアは、王都と辺境伯領を行ったり来たりしているから、エルにとってもロザリアと過ごす時間は貴重なのだ。

こうして皆を見送ったら、今日は自由時間だ。何をして過ごそうか。

「……あれ、アルド？」

屋敷の中をぺたぺたと歩いて――もちろん、精霊達も一緒である――いたら、外廊下のところでアルドがぐでっとしているのに行き会った。

（……変なの）

アルドがこんなに無防備な姿を見せているのは珍しい。

情けないところがたくさんあるにしても、普段は騎士としてそれなりにぴしっとしているのに。

「アルド、ここで何してるの？」

「……お嬢さん」

エルを見て慌てて立ち直ったアルドは、へにゃりと眉を下げる。やっぱり、情けない顔だ。

何か、ショックな出来事でもあったのだろうか。

「元気ないよ？　エルにお手伝いできることある？」

「あー……」

手伝えることがあるかと聞いたけれど、エルにできるのはせいぜい甘いものを差し入れることぐらいだ。

アルドも甘いものは嫌いではないから、それはそれで喜んでくれるだろうけれど、それだけでは足りない気がする。

エルの申し出に、アルドは首を横に振った。

「こればかりはお嬢さんでもどうにもできないっすよ」

「じゃあ、お父様に相談してみる？」

エルで無理な話なら、ロドリゴに相談すればいい。

どれだけ頼りになるか、アルドだって知っているはずだ。だが、それにもまたアルドは首を横に振った。

「ロドリゴ様でもどうにもできないっす……俺、エミーと結婚するのが本当に正しいのかどうかわからなくて」

「——あぁん？」

エルは目を剥いた。

今さら何を言っているのか。エミーとの結婚が正しいのかどうかなんて、考えなくてもわかるだろうに。

「アルド、それ本気で言ってる？」

「俺じゃエミーを幸せにできるかどうか……」

「それは、エルも疑問だね！」

アルドのことは嫌いではない。というか話しやすいし、騎士団員の中ではエルとの距離も近い方だ。

チャラチャラとした外見のわりに親切で優しいこともエルは知っている。好きか嫌いかで問われたら、好きの方にエルの天秤は傾くだろう。

だがそれとこれとは別問題。

正直なところ、エミーにはアルドよりいい相手がいるのではないかと思うこともあるけれど、エミーが選んだのはアルドなのだ。

「マリッジブルー……」

思わずつぶやく。結婚間近の時期になって迷うとは聞いていたけれど、まさかアルドの方が悩み始めるとは。どう考えたって、迷うのはエミーの方だろうに。

「だけど、エミーさんはずっと待っててくれたのに」

「うぅぅ……」

アルドが辺境送りになって、へたれていた間もエミーはアルドを信じて待っていた。

ふたりの間にどんなやり取りがあったのかエルは具体的に聞ける立場にはないけれど、今さら結婚を迷い始めるなんてどうかしている。

「……だけど、俺こんなだし」

「それは、エルも知ってる」

「お嬢さん容赦ないっす」

容赦ないって言われても。

アルドがすぐにうじうじするのは、エルはよく知っている。

きっと、騎士団の皆も知っているし、アルドとエミーを温かい目で、時には生暖かい目で見守っている。一番よく知っているのはエミーだろう。それでもアルドを選んだのに。

「正直……考え直すならアルドじゃなくてエミーさんの方だと思うの」

「お嬢さん容赦ないっすね！」

容赦ないを重ねて、アルドは苦笑いした。

アルドがどんな人間であっても、エミーはアルドと共に人生を歩むと決めたのだ。今さらアルドが悩み始めたところでどうにもならないではないか。

「アルド。悩んでてもしょうがない。どんとぶつかれ」

なんだか、以前にも同じようなやり取りをしたな、と思いながらもアルドの肩を叩いてやる。ちょっと、エミーの様子も見てきた方がいいかもしれない。

今日は、ちょうどエミーがここ、王都の屋敷を訪れているのを知っている。結婚式の会場として、庭園を提供することになっているからだ。

王都の屋敷にはちゃんとした料理人がいるので、披露宴で出す食事の打ち合わせに来ているらしい。

「エミーさん、お話終わった？」

話が終わる頃合いを見て厨房に入ったら、ちょうど話を終えたところのようだった。

「まあ、お嬢様。何かあったのですか？」

エルの姿を見たエミーは、パッと顔を明るくした。エルは、エミーを引っ張っていき、ひそひそと囁く。

「アルドが、面倒くさい感じになってるの。エミーさん、考え直すなら今のうち」

真面目な顔をして囁いたら、エミーはけらけらと笑った。

彼女がそんなあけっぴろげな笑い方をするとは思っていなかったから、エルも驚いてしまう。

「いつものことですよ、お嬢様」

「アルドがヘタレなのはエルも知ってる」

「そこも含めてアルドですから。いざとなったら、ちゃーんと腹をくってくれるから大丈夫です」

「おぉ……」

エルは感動した。

たしかにアルドはやればできる子で、エミーはアルドを信じている。部外者が余計なことを言うべきではなかった。

「エミーさん、ごめんなさい。エル余計なことを言った……」

「いいえ、お嬢様。お嬢様のお気持ちが、私は嬉しかったですよ」

ああ、慰められてしまった。ちょっぴり、いや、だいぶいたたまれない気持ちになる。

「お嬢様が心配になるのもわかりますから……」

「アルドだから？」

「アルドだからです」

きっぱりとエミーは言いきった。それでエルは確信した。

大丈夫だ。エミーはどんと構えてくれている。アルドがひとりでうろたえているだけだ。

「邪魔をして、ごめんなさい」

「いいえ、お嬢様。お嬢様にお目にかかれて嬉しかったですよ――あなた達にも会えて嬉しいわ」

背後に声をかけるから、どうしたのかと思っていたら、背後に精霊達がいた。

ぴょんとスズがジェナからエルの肩へと飛び移り、頬を擦り寄せてくる。ふわふわの毛並みが気持ちいい。

「お嬢様」

「なぁに？」

「ありがとうございます。心配してくださって」

お礼を言われて、今度は赤面した。

（……うん、首を突っ込むべきじゃなかったな）

エミーと別れ、反省しながら、廊下をぺたぺたと歩く。

エミーはちゃんとアルドのことを愛しているし、アルドはアルドで――逃げ出そうとはしているけれど、たぶん逃げない――も、自分の責任に向き合おうとしている。

結婚したら、今までの関係とは変わるのだから不安になるのも当然。外野が余計な口を挟むべきではなかった。

（私も、何かお祝いしたいなぁ……）

ぺたぺたと廊下を歩きながら考える。スズが頬を擦り寄せてくるのを、撫でることでお返しする。ジェナとベティが、反対側の肩をつんつんとつついてきた。

「ジェナとベティのことも忘れてないから！」

エルにとっては、三人とも大切な仲間だ。慌てて付け足されたエルの言葉に、ジェナもベティも安心した様子だった。

（よし、今日は図書室だな）

エルが来てから、王都の屋敷も辺境伯領の屋敷もたくさんのレシピ本を揃えるようになった。

今日はそこで、アルドとエミーの結婚式のお祝いに何が作れるかを考えてみよう。

◆
◆
◆

王宮に行くのは緊張するので気が進まないのだが、王族のお招きとあらば断るわけにもいかない。そんなわけで、今日はエルも朝からおめかしだ。

「お母様、エル、おかしくない？」

「今日もとっても可愛いわ！　黄色も似合うわね……次は、水色のドレスにしましょうか」

いつもは気楽なワンピースで過ごしているが、王宮に行くならエルもそれなりの服装をしなければならない。

ロザリアが選んでくれたのは、タンポポみたいな色合いの黄色だった。

レースの襟もふわりと膨らませた袖も、フリルたっぷりのスカートも可愛らしい。髪に結んでいるのは、ドレスと同じ布で作られたリボン。これも可愛らしい。

鏡を見てみれば、完璧美幼女が見返してくるのにも慣れたけれど、でも、ここまで愛らしい格好をするとドレスに着られているのではないかとそわそわしてしまう。

「うふふ、女の子がいると楽しいわね。エルは可愛いから、お洋服の選びがいがあるわ！」

エルの髪を撫で、頬を撫で、そして額にちゅっとキスしてくれる。ロザリアに甘やかされるのをエルは満喫していた。

「エルもとっても嬉しい！」

「本当に可愛い。食べちゃいたいぐらいよ！」

ぎゅうぎゅうと抱きしめられて苦しいぐらいだ。だが、こうやって過剰なまでに愛情を伝えてもらえるのは、愛情を再確認しているみたいで幸せな気分になる。

「スズも可愛い？」

「ええ、とっても可愛らしいわ」

「ジェナは？　ベティは？」

「もちろん、可愛いわよ！」

ぬいぐるみのスズはともかくとして、ジェナもベティも柄のところにリボンを結んでみた。

スズの首におめかし用のリボンを結んでいたら、羨ましそうにぐるぐるとエルの周囲を回り始めたので、好きなリボンを選ばせたのである。

包丁とフライパンにリボンはどうなのかと思わないわけではないけれど、本人達が気に入っているのだから問題ないのだ。料理の時には外せばいい。

「よかったねえ、可愛いって」

精霊達に言えば、そろって身体を震わせる。三人とも気に入ってくれたならよかった。

「お、今日はお揃いかあ」

と、ジェナとベティのリボンを見たラース。

「ベティのはちょっと曲がってますね。結び直しますか？」

と、真顔でベティにたずねているのはメルリノ。

「スズ！　俺の膝においで！」

ふわふわしているスズが気になっているのはハロンだ。

王宮までは、兄達と一緒の馬車で行く。兄達の方が帰りは遅くなるだろうから、ロザリアとエルは先の帰宅だ。

（氷魔術を使える人を用意しておくって言ってたけど……）

ジャンは領地でお留守番なので、今日は王宮の方で氷魔術を使える人を用意してくれているらしい――事前に仕込みはしておいたが、あれを作らねばならない。

ぐるぐるかき回す作業はけっこう大変なので、エルとしては遠慮しておきたいところなのだが、王族の命令には逆らえない。

以前も訪れたことのある王宮に入ると、三兄弟は、騎士団と魔術師団の訓練に合流。エルはロザリアと一緒に王妃のところと兄達とは別行動になる。

「エル嬢、いらっしゃい。待っていたのよ」

エルのことを愛称で呼ぶ王妃は、今日は青いドレスを着ていた。一部、白地に青のストライプが入った布が使われていて、とても華やかな雰囲気だ。

(……あれ?)

王妃の側には、男の子がいた。エルは初めて見る顔だ。

王妃のスカートに隠れるようにしながら、こちらをじっと見ている。彼は、いったい誰なのだろう。

「エル嬢は初めてだったわね。息子のハビエルよ」

「ハビエル?」

「呼び捨てにするな!」

王妃に子供がいるのは知らなかった。うっかり名前を繰り返したら、スカートの陰からハビエルは叫んだ。

「ごめんなさい……ええと、殿下」

習ったお作法の通りに頭を下げる。王妃の息子ならば王子殿下だ。

（王子殿下の話って、今まで出たことあったかな？）

国王夫妻とは何度か顔を合わせたことがあるけれど、今までハビエルの名を王妃の口から聞いたことはなかったと思う。

王妃の顔を見上げたら、彼女はにっこりと微笑み返してきた。

「ハビエルはね、身体が弱くて、しばらく気候のいいところで養生していたの」

「しょ、そうでしたか、失礼いたしまちゅた！」

噛んだ。

動揺したのを見せないように、もう一度頭を下げる。その様子に、王妃は目を細めた。

「まあ、エル嬢はしっかりとしていること。療養をしていたものだから、ハビエルの勉強は少し遅れているの。領地でもしっかり勉強するよう乳母には伝えていたのだけれど……」

と、額に手を当てる。

王族ならば、幼い頃からしっかりと勉強をするのは必要なことなのかもしれないけれど、子供の目の前で、自分と他の子供を比較するような発言はどうなのだ。

「王妃様、殿下はまだ幼いのですもの。これから、ぐんぐん成長なさいますわ。病も完治なさったのでしょう？」

ロザリアがおっとりとした口調で、王妃とエルの間に割って入った。エルは内心ほっとする。

「侍医はそう言っているけれど、どうかしら？」

王妃のスカートに掴まったままのハビエルが視線を落とし、慌てたエルはロザリアを呼んだ。

「お母様、エル、お腹ぺこぺこ……」

ハビエルと同じように、ロザリアのスカートを握りしめて訴える。

(こんなのしたことなかったけど！)

中身は大人なので、今までこんな風に駄々をこねたことなかった。だが、この空気だけは変えなくては。

「あらあら、エル嬢も可愛らしいところがあるのね。さあ、テーブルにどうぞ」

王妃はにこにことしながらエルをテーブルへと招く。

テーブルについたエルは、ジェナとベティ、それからスズを鞄から出して隣の席に置いた。

王妃がちゃんと三人の席も用意してくれたのだ。

「……変なの。包丁にリボンって変だよ！　フライパンにも！」

と、ハビエルが不意に口にした。

「……変じゃないもん。ジェナとベティもおめかししてるだけだもん！」

もん、って子供じゃないのに――いや、子供だからしかたない。

「ハビエル……お友達にそういうことを言ってはだめ。エル嬢の精霊は、ジェナとベティと……ええと、そのぬいぐるみは？」

「スズ！　新しいお友達です！」

王妃は今までスズの存在を認識していなかったらしい。けっこう目立つように作れたと思っていたのだけれど。

「スズ。新しい精霊ね？」

「はい、王妃様。ハビエル殿下。ジェナとベティは精霊です。スズもそう——殿下にご挨拶してもいいですか？」

「挨拶？」

「ジェナは、お料理が上手なの。ベティは切るのが上手。スズは……ええと」

ジェナとベティは調理器具なので料理してくれるのだが、スズはぬいぐるみだ。厨房に来ることはあっても、邪魔にならないよう棚の上の方にいつもいる。

「ええと、スズは可愛い！」

柔らかな毛並みを撫でればほっこりする。可愛いは正義だ。スズはそこにいてくれるだけでいい。癒やし要員だ。

「殿下、スズを撫でてみる？」

ジェナから飛び移ってきたスズをそっとハビエルの方に差し出す。ハビエルは手を伸ばしかけ、そしてその手を引っ込めた。じっとスズを凝視し、指先でちょんとつつく。

「うわ、ふわふわだ……」

つついたことで怖くないと思ったらしく、手のひら全体を使って撫で始めた。

「殿下、スズはハッピーバニーの毛皮でできているの」

「ハッピーバニーって魔物じゃないか！」

「辺境伯領にはいっぱいいる。お肉は美味しいの」

辺境伯領では、魔物の素材は有効活用されている。肉は食べるし、骨も皮も素材として使う。

ハッピーバニーの毛皮は防寒に優れているため、貴族のコートには欠かせない素材でもある
そうだ。それをぬいぐるみにしてしまうというのだから、贅沢と言えば贅沢な話である。

「ぼ、僕だってハッピーバニーの肉を食べたことぐらいあるんだからな！」

何が気に入らなかったのか、急に声をあげたハビエルはぽいっとスズを放り出した。

「わわ、スズ！」

慌てて投げ飛ばされたスズを受け止める。ハビエルはぱたぱたと走っていってしまった。王
妃は頬に手を当てて、困った顔になる。

「あの子、何が気に入らないのかしら……」

それは、先ほどの王妃の発言のせいではないだろうか。だが、王妃は首を振ると、すぐに話
題を変えた。使用人があとを追いかけていったから、問題ないという判断なのだろう。

「そうそう。それで、アイスクリームを作ってくれるのですって？」

「まだ、製造機は工房の職人達が開発中よ。エル、私も手伝うから一緒に作りましょう」

「はい、お母様」

王宮の菓子職人に、アイスクリーム液のレシピを渡して準備してもらってある。事前に冷ます工程が必要なので、ここで最初から最後まで作っている時間はない。

「では、氷を用意しますね」

お願いしていた通り、王宮に所属する魔術師が氷を出してくれる。そこに塩を加えて、金属製のボウルを上に乗せる。

「冷えてきたら、ゆっくりかき混ぜます。ちょっとしか作れないの」

エルの手元が気になるらしく、ハビエルがこちらに戻ってきた。

行ったり来たりで彼も忙しいな、と思うけれどエルも必要以上に相手を刺激するつもりはない。

「少し、固くなってきたかしら？」

ロザリアと王妃が、エルの手元をのぞき込む。

容器の側面に触れている部分からだんだんとアイスクリームが固まり始めるが、まだ時間はかかりそうだ。

「たしかに時間がかかるのね……作ってちょうだいとお願いしたのは私だけれど」

自分でアイスクリームを要求したのに、王妃は早くも飽きたらしい。

「殿下、殿下もかき回してみませんか？」

「……僕？」

ロザリアに呼ばれて、ハビエルはきょとんとした顔になった。自分でかき回すなんて、想像もしていなかったのだろう。

「ええ、かき回してみると少しずつ変わってくるのがわかると思いますよ?」

息子を三人育てたロザリアは、男の子の扱いには慣れている。好奇心をそそられたのか、ハビエルがこちらに近づいてきた。

「殿下、お味見どうぞ」

エルは、スプーンをボウルに入れ、まだ固まりきっていないのをひと匙《さじ》すくう。

自分の口に入れて問題ないと示してから、新しいスプーンでもう一回すくう。ハビエルの口にそのスプーンを突っ込んだら、彼は目を丸くした。

「甘くて冷たい……!」

「でしょー! こうやって冷やすともっと美味しくなるの」

エルの様子にますます興味をそそられたのか、ハビエルは木べらを手に取った。容器の底をすくうようにかき回す。

「けっこう大変、これ……!」

アイスクリームを作るのには、どうしたって時間がかかる。

先にハビエルが味見をしたからか、王妃は待ちきれなくなったらしい。そわそわと身を乗り出している。

「ねえ、いつまでかかるのかしら?」

「まだまだかかりますよ、王妃様!」

せかすぐらいなら、工房がアイスクリーム製造機を完成させるまで待ってほしかった。

だけど、エルには秘策がある。

「王妃様、エルはちゃんと準備しました!」

そう、事前にレシピを渡してソースを準備してもらった時、王宮の菓子職人にアイスクリームまで用意しておいてもらったのだ。

「もう出来上がったのがあちらに! そして、こちらはあとは王宮の人にお任せ、です!」

アイスクリーム製造機が完成したら、もっと楽に作れるのだろうなと思いながら完成品の入ったボウルと、まだかき回している途中のボウルを交代。今までエルがかき回していたボウルの中身は、王宮の菓子職人達が美味しく食べてくれるだろう。

「できました!」

作ったのはエルではなく、王宮の菓子職人だが同じレシピだ。問題ない。

「あらあら——では、味見をしても?」

「王妃様からどうぞ!」

可愛らしいグラスに盛りつけて、トッピングにミントの葉。王妃は真っ先に遠慮なく銀のスプーンをアイスクリームに入れた。

「まあ、口の中で溶けるのね。シャーベットともかき氷とも違う感触だわ」

「王妃様もかき氷を食べるんですか？」

「ええ。氷の魔術を使える人に氷を作ってもらってね。削ってシロップやジャムをかけていただくの。中に果物を入れて凍らせることもあるわね」

「……なるほど」

昔の日本では、氷は富士山のような高い山から運ぶか、冬の間に作ったものを氷室で保管しておくしかなかったそうだ。

だが、ここは魔術のある世界である。夏の暑さに耐えきれなかったら、氷を作るぐらいはできるのだろう。

特にここは王宮だ。氷魔術を扱える魔術師もたくさんいるに違いない。

「アイスクリームを作るのは大変なのね」

「とっても大変です、王妃様。エルはもう作りません」

リティカのためには頑張ったけれど、あまりしょっちゅう頑張るものでもないなと思った。

「王宮の菓子職人にも褒美を出さないとね。エル嬢は何か欲しいものはあるかしら？」

問われて首をぶんぶんと横に振った。王宮からこれ以上何か貰うなんて恐ろしい。

けれど、それもまた王妃には好意的に受け止められてしまったようだった。こういうのは、困るのだが。

「エル嬢は、謙虚なのね。ハビエルもエル嬢を見習いなさいな」

「王妃様、殿下はとても努力家でいらっしゃいますよ。病を克服なさったのですもの」

やんわりとロザリアが口を挟んでくれて、エルはほっとした。

王妃は、他の貴族の子供達の前でもああやってハビエルがだめな子だとでも言っているような発言を繰り返しているのだろうか。

（……それって、あまりよくないと思うんだけど）

王妃の側にいるのは居心地が悪い気がして、その場を離れることにした。

「エル、お花を見てきます！」

王宮の庭園に咲く花は、王国でも有数の庭師達が丹念に手入れをしているので、どこよりも見事な花を見ることができるのだ。

お花が見たいと言えば、その場を離れても不自然ではないだろうと、テーブルから離れることにした。

だが、王妃がまた余計な一言を挟んでくる。

「ハビエル、エル嬢と一緒に遊んでらっしゃい」

「王妃様、エルはひとりで大丈夫——」

続くはずの言葉は、ハビエルがエルの側に来たことによって遮られた。ここでハビエルを拒むのは、もっとまずいような気がする。

（……私が、いろいろとできるのは前世からのアレだから……）

日頃の言動は身体に引きずられていることが多いし、エル自身それで正解だと思っている。前世の記憶がどうであれ、今は五歳の女の子。

前世の知識や経験がちょっと上乗せされているだけなのだ。そのエルとハビエルを比較するような発言をする王妃の言葉の選び方はあまりよくない。

「殿下、一緒に行きましょう」

ハビエルの方に手を差し出す。きっと、彼は寂しいのだ。前世でエルも同じような経験をしてきたからわかる。

エルの差し出した手を取ったハビエルは、微妙な表情をしていた。

「僕は、お前なんて大嫌いだ！」

「……エルは嫌いじゃないです」

ここはひとつ、エルが大人になってやろうではないか。

王妃とハビエルの関係については、きっとロザリアが上手にやってくれる。彼女が気づかわし気な目を向けていたのを、エルはちゃんと見ていた。

「……殿下、スズ」

スズを彼の方に差し出すと、気にはなっていたらしい。ぷいと顔をそむけつつも、ちらちらと視線をスズに投げかけている。

（……王妃様は、何がしたいんだろうな）

王宮に来たことは今まで何度かあったけれど、王妃の口からハビエルの名を聞いたことはなかったように思う。もしかしたら、王妃とハビエルの間には見えない壁があるのかもしれない。

「スズ、どーぞ」

ハビエルの方にさらにスズを突き出したら、スズは心得た様子でエルの手から飛び立った。ハビエルの周囲をぐるぐる回り、肩に止まって頬を擦り寄せる。

「……ふわふわ」

何度感心しても足りないというみたいに、ハビエルの口から漏れたのをエルは聞き逃さなかった。そっと合図をすると、ジェナとベティも飛び出す。

ハビエルの周囲をぐるぐる飛び回り、ハビエルはそんなふたりを口をぽかんと開けて見ていた。エルが再び手を差し出せば、彼は素直にその手を取ってくれる。

王妃とロザリアのいる部屋に戻りながらエルは決めた。

（……うん、あとは皆にお任せしよう）

エルがハビエルに何か働きかけたら、逆にこじれてしまいかねない。あとのことは、精霊達と大人達に任せてしまおうと思った。

第四章　胃袋を掴むのは大事です

ロドリゴが毎日のように王宮に行っているため、エルもまだ王都の屋敷に滞在中である。アルドの結婚式が終わるまでは、辺境伯領には戻らない。

エミーは結婚式の準備のために時々王都の屋敷を訪れ、アルドと話をしているようだ。

（……アルドはあいかわらずうじうじだ……）

エミーは腹をくくっているが、どうもアルドはふらふらとしている。

エルは決意した。エミーの胃袋を掴まねばならない。

辺境伯領に来てもいいと思ってくれたのは、辺境伯領の食材が大きな理由でもあるのだから。

アルドへの愛がちゃんとあるのは前提としても、だ。

「というわけで、石窯を作る！」

「石窯？」

王都の屋敷の訓練所で、騎士団員達の訓練を見学していたエルは右手を突き上げた。

唐突なエルの宣言に、騎士達は顔を見合わせた。

もちろん、厨房にはオーブンがある。あるのは知っているし、しばしば有効活用しているが、今欲しいのは石窯だ。

「エル、ずいぶん唐突だよね？　どうして、急に石窯なんか」

「このままだとアルドが捨てられちゃう……！」

石窯が欲しいと言い出したエルに、ハロンは呆れた顔になったけれど、アルドが捨てられると聞いて表情を改めた。

「それは大変だ。ラス兄さん！　メル兄さん！」

少し離れたところで、メルリノの剣の相手をしていたラースが振り返る。ラースが手を止めたので、メルリノもこちらに向き直る余裕ができたみたいだった。

「エミーさんのために、美味しいの作る！」

「美味しいのって……」

エルの言葉に、話を聞いていた騎士達が再び顔を見合わせる。ちなみに、アルドはロドリゴの護衛で王宮に行っているので、今この場にはいない。

「アルドはヘタレ。エミーさん、結婚式の準備で大変だから、エミーさんのために美味しいの作る」

「まあなあ……母上が言ってた。結婚式の時には、女性に負担がかかるのはどうしようもないんだってさ。エルが美味しいの作るなら俺も手を貸すけど」

とラースが顎に手をやった。

「石窯を作ってどうするんですか？　作ろうと思えば、作れると思いますが……」

と、思案の表情になったのはメルリノである。彼を納得させられなければ、先には進めない。

「辺境伯領の美味しいのがもっと美味しいのになる！　じゃあ、作ってみよう！」

騎士達は訓練に戻り、エルと兄達は厨房に向かう。

夕食の支度を始めるまでには、まだ少し余裕がある。試作ということで、厨房に入っても大丈夫だ。

「まずはピザ生地！」

生地を発酵させるレシピもあるが、今回は時間を短縮したいので発酵させないレシピを選ぶ。

小麦粉と砂糖、塩を混ぜたらぬるま湯を注ぐ。少しずつ注ぎながら、生地をこねていく。

ジェナとベティが、応援するようにぐるぐるとエルの周囲を飛び回る。スズはジェナの上。

汚れないように、調理の時にはスズはエルには近寄らないのだ。

踏み台の上に乗って、ぎゅっぎゅっと体重をかけて生地をこねていくけれど、すぐにエルの体力は尽きた。

「疲れた！　誰か変わってくださいな！」

「じゃあ、俺が！」

続きは、力自慢のラースが引き受けてくれる。なめらかになるまでしっかりこねたら、いったん生地を休ませておく。

その間に、ソースと具材の準備だ。

（にぃに達は食欲旺盛だから……）

シンプルにトマトソースとチーズだけで作ってみようかと思ったけれど、兄達はお腹を空かせている頃合いだ。ここはひとつ、がっつりとしたピザを作ってやろう。

「ベティ、ベーコンと玉ねぎを切って！」

エルの要望に応じて、ベティが調理台に飛び乗った。

早くもジェナは魔道コンロの上で待ち構えている。ふたりにはこれから料理で協力してもらうけれど、ひとりだけここでは仕事のない人がいる。棚に移動したスズだ。

「ハロにぃに、スズを撫でてあげて」

「まかせろ！」

スズはぬいぐるみなので、皆の癒やしになるのが一番のお仕事だ。棚からハロンの腕の中に飛び降り、撫でてもらって、なんだか満足そうに見える。

「僕は何をしましょうか」

「メルにぃにはチーズを探してくださいな」

「まかせてください！」

メルリノが保管庫の方に行ってチーズを取り出す。ハロンがはっとした顔になった。

「食材使ったら、料理長に言わないといけないんだよな。俺、スズと行ってこようか？」

「お願い！」

任せろ、とスズを抱えたままハロンは出ていった。

辺境伯家の食材はしっかりと管理されているのである。

エルの裁量で試食を作るのは認められているけれど、辺境伯領の屋敷でも王都の屋敷でも使った食材はきちんと責任者に報告するのがお約束だ。

メルリノが持ってきたチーズも適当な大きさに切り分ける。

頃合いを見計らって、出来上がった生地を円形に伸ばす。中央部分は薄く、周囲は少し高くなるように。

「これでどうするんだ？」

「ふふー、これですよ、これ！」

興味津々のハロンの前に取り出したのは、トマトソースである。これは、王都の屋敷の料理人がまとめて作って保存しているもの。

出来上がったピザ生地にトマトソースを塗り、上に玉ねぎ、ベーコンとチーズを散らす。

「ジェナ、出番だよっ！」

先ほどから魔道コンロの上で待ち構えていたジェナが、熱くなり始めた。一枚でいいならジェナで美味しく焼き上げられる。

熱くなったジェナに触れてしまわないよう、注意しながらピザ生地を乗せて蓋をする。

蓋の隙間から、熱せられたチーズのいい香りが立ち上ってくる。上に乗せたチーズが蕩けて、ピザ生地が焼き上がれば完成だ。

「……美味そう！」

「でしょー！」

ラースが目を輝かせた。焼き上がったピザをいったん皿に置き、ベティを呼ぶ。

「八等分にしてくれる？」

ベティにお願いすれば、あっという間に八等分にされた。赤いトマトソースに、ベーコンと玉ねぎ、チーズの香り。見た目にも華やかだ。

「ふふん、これがエル特製ピザ！　さあ、召し上がれ！」

エルの言葉に、すかさずメルリノが取り皿を四枚出してくれる。水のグラスも一緒だ。最初にラースが手を伸ばした。

「……あつっ！」

「熱いよぉ、気をつけて！」

真っ先に手に取ったラースは、ピザ生地の熱さをまったく考えていなかったようだ。伸ばした手をすぐに引っ込めたが、今度は気をつけながら生地を取り上げた。

熱を持った薄い生地に苦戦しながら口に運ぶ。三角形の先端をかじり取ると、熱せられたチーズがびよんと伸びた。

「あつっ、うまっ……これ、いいな」

「ベーコンとチーズの香りがいいですね」

ラースが素直に感嘆の声をあげ、メルリノも三角形の先端をかじり取る。

エルは手元の皿でくるくると丸めてからかじりついた。

この国にはパンはある、トマトソースもある、チーズもある。

けれど、カリカリになるよう薄く焼いて伸ばした生地にトマトソースを塗り、具材とチーズをのせて焼き上げた料理はなかった。兄達にとっては、初めての食感のはず。

「美味しい。上出来！」

口の中ではふはふとしながら、ピザを味わう。

さくっとした生地に続いてトマトの風味、そしてチーズ。ベーコンとチーズの塩気もたまらない。時々玉ねぎの甘さが入ってくるのもいい。口内に広がる旨味。

前世でも、時々近所のイタリア料理店に食べに行った。その店はピザだけでも十種類以上あって、どれにするか毎回悩んでいたのを思い出す。

「エル、これ、ベーコンと玉ねぎじゃないとだめ？」

あっという間に割り当ての二切れを食べてしまったハロンは、物足りなそうに空になった皿を見ていた。

「そんなことないよ。他のものを乗せても美味しい！　味のついたお肉を乗せてもいい感じ！」

たしか、照り焼きチキンを乗せたピザとか、塩胡椒で味つけした豚肉を乗せたメニューもあったはず。このあたりでは、海鮮はなかなか入手できないけれど、川で捕れるサーモンなどで魚を使ったピザも作れるかもしれない。

「今はジェナが美味しく焼いてくれたけどね。石窯だともっと美味しい！」

「だから、石窯かぁ」

「石窯があれば、他にもいろいろ焼けるし……お肉とか。普通のパンにトマトソースを塗って、チーズを乗せてもきっと美味しい」

前世でいうところのピザトーストである。エルの言葉に、兄達は納得した顔になった。ハロンはさっそく食料保管庫にとんでいって、朝食の残りのパンを持って戻ってきた。

育ちざかりのハロンは、二切れでは足りなかったらしい。

「上に乗せるもので味が変わるんだな」

「チーズの種類を変えるというのもありかもしれませんね……もっとこってりしたチーズの方が合う具もあるでしょうし」

ラースは、最後の一切れを口に押し込む。そして、メルリノは鋭かった。たしかに、使用するチーズでも味が変わってくる。

ソースの方もホワイトソースにしたり、カレー風味のソースにしたり、ピザの可能性は無限大なのだ。

「エル、ソースちょうだい。ジェナを借りてもいいかなあ」

「いいよ、これソース。チーズとベーコンはこっちね。ジェナ、ハロにぃにのトーストも焼いてくれる？」

と、ジェナにお願いしたけれど、その前にエルの皿にはもう一枚残っていたのだった。

「エルの分もどうぞー」

「いいのか？」

ハロンが目を輝かせたので、うなずく。一切れでお腹いっぱいになってしまった。これ以上食べたら、エルは夕食が入らない。

ハロンがピザトーストを作っている横で、ラースとメルリノは話し込んでいる。

「石窯は作るってことでいいよな？　父上もだめとは言わないだろ。バーベキューの時にも何か焼けるだろうし」

「そうですね。とりあえず予算を申請しましょう。エルが欲しがっているのなら、通らないはずはありませんが」

なんだか、とんでもない言葉が聞こえた気がした。

「エルの！　エルのお小遣いから出して！」

ロドリゴとロザリアは、エルが開発に関わった蜂蜜を使ったお菓子の売り上げだの、ハンドミキサーの売り上げだのからエルの取り分をちゃんと用意してくれている。

エルが気兼ねなく欲しい食材や調理器具を買えるようにと考慮してのことだったけれど、おかげでエルのお小遣いは使いきれないほどあるのだ。

「大丈夫だって。石窯ぐらいいくつでも作れるけどな。お金の管理はちゃんとしておかないとだめなんだよ」

ラースが頭をわしゃわしゃとかき回してくれる。言いたいことはわかったけれど、ちょっぴり申し訳ないような気もしてしまった。

「わ、パンも美味い！　エル、俺、これ朝から食べたい！」

と、横でハロンは焼き上がったピザトーストに夢中である。

「うちのエルは最高だなぁ……！　また、美味いものが増えたな」

ラースがエルを引き寄せて、ぎゅっと抱きしめてくれる。

「兄上、エルを独り占めしないでください。僕も、エルが我が家に来てくれて幸せですよ」

ラースの腕から奪われて、今度はメルリノの腕の中。

「きっと、団員達も気に入る！　エル、明日の朝食これにしよう？」

ハロンはメルリノごとエルに抱きついてくるから、間に挟まれたエルはぎゅうぎゅうだ。なのに、幸せが次から次へと溢れてくる。

騎士達も気に入ってくれたなら、そのうち朝食のメニューにピザトーストが加わるかもしれない。朝から騎士達はしっかりがっつり食べるのだ。

◆
◆
◆

予算の申請はするっと通り、王都の屋敷の中庭に石窯が作られた。

外に作ったのは、辺境伯家ではしばしばバーベキューを行うからだ。今後は、ここにピザが加わることになる。辺境伯領の屋敷にも、石窯を作るようロドリゴが手配してくれたそうだ。

そして、ピザのお披露目には、立食形式のパーティーを開くことになった。辺境伯領の食事に興味津々の貴族達をお招きするのだとか。

今回は、リティカとイレネも招待する予定だ。イレネは普段は王都で暮らしているから、招待すればすぐに会うことができる。

辺境伯領で会ったリティカは、今は王都に暮らしている貴族の息子達とお見合いをしているらしい。

前回、リティカも皆でわいわいやる辺境伯領の食事を気に入ってくれたようではあるし、ラースとは友人として顔を合わせる機会があるのはいいかもしれない。エルも、リティカに会いたいし。

「お母様、王妃様と殿下もご招待する……？」

「ハビエル殿下にお目にかかりたいの？」

招待状の準備を進めているロザリアのところを訪れたら、彼女はちょうど机に向かっているところだった。招待客のリストを作っているらしい。

「うん。イレネちゃんとお友達になったらいいと思うの」

どうもイレネは自分より年下の子のお世話をしたい欲求があると思う。母親の愛ではないけれど、ハビエルの友人が増えるのはいいことのはず。

それにもうひとつ、エル個人の事情なのだが、王妃とハビエルを招きたい事情があった。

王妃は、エルの考案した——というか、前世の記憶から引っ張り出してきた——料理を好んでいる。

いずれ王宮にお呼ばれして、作ることを要求されるのであれば一緒に試食をしてしまった方が楽でいい。

楽、という言い方もどうなのかなと思わないわけではないが、盛装して王宮に行くのは少々面倒だ。

可愛いドレスを着られるのは嬉しいけれど、王宮にいる人達がエルをじっと見ているのはどうにもこうにも気になって落ち着かないのだ。

「そうね。お時間を取っていただけるかどうかはわからないけれど、王妃陛下もお招きしましょうか。エルは王宮に行くとぐったりしてしまうものね」

さすが、ロザリア。エルが王宮に行くと気疲れするのをしっかりと見抜いてくれていた。

レシピだけ渡して、王宮の料理人に作ってもらってもいいのだが、王妃は一度はエルの顔を見ながら食べたいらしい。

以前、国王がこっそり訪れたことがあったけれど、今回はきちんとしたご招待だ。それを踏まえて、料理人達にも準備をお願いする。

石窯に入れればそんなに時間をかけずに焼き上がるから、ピザは事前に何枚か用意しておく。

（皆で好きなものを乗せたら楽しいかも！）

そんなことを考えながら、エルは準備を進めていた。

まず用意するのは、この間味見してもらったベーコンと玉ねぎのピザ。

それから、照り焼きにした鶏肉とネギを乗せたピザ。和食風味だけれど、この国では辺境伯領風味と言った方がわかりやすい。

ハムとキノコを散らし、半熟卵を乗せたピザ。たしか、前世ではビスマルクと呼ばれていたような。

それからお酒を飲む大人向けには、ピリ辛のウィンナーとキノコのピザも用意する。

これだけ用意しておけば、全員が好みの味のものを見つけられるだろう。それから、子供達が好きなものを乗せられるように、ピザ生地を事前に準備しておく。

好きなものを好きなだけトッピングできるのは、家でピザを焼く時のお楽しみだ。

手でつまんで食べられるようにモッツァレラチーズとトマトとバジルを串に刺してカプレーゼ風にした一品。

一口サイズに焼かれたキッシュは、中の具材を変えて三種類ほど作る予定。

野菜のテリーヌは、グラスに盛りつけてキラキラと輝かせる。

王都の屋敷にいる料理人達は、料理を美しく盛りつけるのも得意だ。ピザ以外は遠慮なくお任せしてしまおう。


雨が降ったら厨房のオーブンで焼いたものを出す予定だったが、約束の日は晴天に恵まれた。

「お待ちしておりました！」

今日のエルが身につけているのは、エプロンドレス。エプロンとワンピースをセットにしてもらったのだ。エプロンはレースで飾られていて、とても可愛らしい。

事前にイレネにも同じデザインのものをエルから贈らせてもらった。今日は、イレネとお揃い、仲良しの印である。

訪れたリティカもまた、装飾品控えめの動きやすそうなドレスだった。ラースを見た瞬間、以前より少し表情が柔らかくなったのを見てエルもほっとする。

「王妃様、ハビエル殿下、いらっしゃいませ！」

エルが出迎えると、王妃は顔をほころばせた。ハビエルの方は、あいもかわらず仏頂面だ。

今日、辺境伯家に来るのが面倒だったのかもしれない。

「ようこそお越しくださいました、殿下」

普段は気楽な様子を見せているラースも、王族が相手の時にはちゃんとしている。場にふさわしい行動ができる人だというのは、以前、目の当たりにしたから知っている。

「リティカ嬢、来てくれて嬉しい。エルの料理は絶品だから、楽しんでもらえると思うな」

「以前いただいたお料理が忘れられなくて、楽しみにしていました」

と、恥ずかしそうにしながらもリティカも微笑む。

もしかしたら、彼女の胃袋はエルが掴んでしまったかもしれない。

側に寄ってきたイレネは、スズを見て目を輝かせていた。

「撫でていい？　あ、皆おリボンつけているのね！　可愛い！」

「でしょー！」

今日は、三人ともピンクのリボンを結んでいる。エルとお揃いのリボンだ。

調理器具にリボンを巻いているのを変だと言わずに「可愛い」と言ってくれるイレネはさすがだ。気配りのできる淑女である。

「殿下、俺と一緒に池に行きませんか？　今日は、亀がたくさん日向ぼっこをしているんです」

ハロンは気後れすることなくハビエルを誘う。今は、エルはハビエルの側に寄らない方がよさそうだ。

「ハロン、殿下は亀には興味がないかもしれませんよ。殿下、辺境で採取された素材をご覧になりますか？」

「素材なんか見ても面白くないだろ？」

メルリノがやんわりと口を挟み、ハロンはふくれっ面になった。

「ハロン、ドラゴンの牙がありますよ。父上が、先日退治したのを忘れたんですか？」

「そうだ、ドラゴンの牙があった。殿下、行こう！」

普段、エルの相手をしているからだろうか。

ハロンは、臆することなくハビエルの手を引いた。エルとハビエルが混ざったみたいで、敬語も崩れている。ハビエルもドラゴンの牙と聞いて好奇心をそそられたようだ。

「エルちゃん、私もドラゴンの牙見られる……？」

「イレネちゃん、ドラゴンに興味あるの？」

恥ずかしそうにイレネがうなずいたので、エルはイレネの手を引っ張って、兄達に続いた。

ちらりと横を見てみれば、ラースはリティカに飲み物を勧め、穏やかな顔で対話している。

（ラスにぃに達は、下手に邪魔しない方がいいな）

それだけ確認すれば大丈夫。安心して倉庫に行ける。

辺境伯家の倉庫には、魔物の素材がどんと積み上げられていた。

ハッピーバニーの毛皮や骨、フェザードランの羽毛、ピグシファーの革など。ピグシファーの革は、綺麗な色に染めやすいため、女性用の小物を作るのに重宝されるそうだ。

その中、一番目立つ位置に置かれているのが大きな牙であった。側にはドラゴンの鱗や皮もある。

「……すごい！」

と目を丸くしたハビエルは、メルリノの方に向き直った。丸くなった彼の目はキラキラとしている。

「カストリージョ辺境伯子息、教えてほしい。ドラゴンの牙は何に使うの？」

「僕もハロンも辺境伯家の息子ですから、どうぞ名前で呼んでください。僕はメルリノ、弟はハロンで構いません」

「……そう？」

自信なさそうにハビエルは視線を揺らしたけれど、すぐに微笑んだ。兄達と彼の交流を邪魔してしまいそうなので、エルはまだ側には寄らない。

「イレネちゃん、見て！　スズは、この魔物の毛皮でできているの。ハッピーバニー」

「ハッピーバニーの毛皮は温かいってお母様が言ってたわ！」

驚いたように、イレネは目を見開いた。ハッピーバニーの毛皮は高級品なので、本来ならぬいぐるみに使うような素材ではないのである。

「……ふわふわ」

イレネはハッピーバニーの毛皮を撫でてうっとりとしている。

スズの毛並みも気に入っていたようだし、今度イレネにもぬいぐるみを贈ろうか。辺境伯領なら、毛皮も手に入れやすい。

その横では、メルリノがハビエルにドラゴンの牙について説明をしていた。

「ドラゴンの牙は、主に武器に使われるそうです。鍛冶の段階で、加工して金属に混ぜるそうですよ」

「そうするとどうなるの？」

「非常に切れ味がよく、折れにくい剣になるそうです。魔術師の杖を作るのにもいいと聞きました」

「杖も？」

「はい。魔術の威力が上がりやすくなるそうですよ。僕は使ったことはありませんが、父がそう話してくれたことがあります」

「へえ。辺境伯はすごいんだねぇ……」

ロドリゴは、炎の魔術も剣も得意としている。辺境騎士団一強いのは彼だ。

おまけに、大きな討伐の時には背中をジャンに任せている。信頼できる相手がいるというのもロドリゴの強みだろう。

「ハロンは、剣術が得意なの？」

「俺は、どっちも……使えるけど、父上の域には遠いです」

戦い方でいえば、兄ふたりよりもハロンの方がロドリゴには近いらしい。ラースは魔術はからきしだし、メルリノは剣はそこそこで、回復や防御の魔術の方が得意だからだ。

「でも、ちゃんと訓練したら父上みたいになれるって聞いたから、そうなれるように頑張るつもりです」

そう続けたハロンは、少しばかり照れくさそうな顔をしている。

「……そっか」

ハロンの言葉から何を考えたのだろうか。ハビエルは、視線を落とした。

エルは、スズをそっとハビエルの方に押しやる。心得たスズは、ぴょんとハビエルの肩に飛び乗った。

「……ふわふわだね」

肩に乗ったスズを撫でて、ハビエルが小さく笑った。

「殿下、そろそろご飯を食べに行きましょう。辺境伯領のお食事は、とても美味しいんですよ」

一通り魔物の素材を見終わったあと、イレネはタイミングよくハビエルを誘導してくれた。

エルはささっと走って食事が用意されている場所に戻る。

大人達は、酒のグラスやお茶の入ったカップを持って談笑しながら、騎士達が石窯を温めている様子を珍しそうに見ている。石窯を温めている騎士の中にはアルドもいた。

彼の側にはエミーがいて、今日も手伝いをしてくれている。

「エミーさん、来てくれてありがとう！　あのね、今日のメニュー、エミーさんの感想を聞きたいの」

「私の？」

「うん！　エミーさんが美味しいって言ってくれたら嬉しい」

エルはエミーの胃袋を掴むと決めたのだ。エミーがピザを気に入らなかったら、彼女が気に入る料理を他に考えようと決めている。

「はーい。じゃ、ピザを焼きますっ！」

最初に焼くのは、トマトソースとチーズ、それにルッコラを散らしたもの。

前世ならマルゲリータと呼ばれていたピザ。シンプルだが、その分チーズとトマト、素材そのものの味を楽しめる。ミルクモー由来のチーズだから、普通のチーズより濃厚だ。美味しいに決まっている。

「お父様。熱いからね……注意して！　注意！」

「わかってるって。エルこそ近づきすぎるなよ」

「エルは大丈夫だもん」

石窯の当番は、なぜか辺境伯であるロドリゴ自ら務めている。嫌がらずに料理当番も担当していたから、こうやって料理するのは好きなのだろう。

エルと一緒に厨房に立つのも楽しんでくれているようで、彼が料理当番の時には、エルもそわそわしてしまう。

「よし、入れるぞ！」

　大きなへらのような道具を使い、ロドリゴは器用に石窯にピザを差し入れる。高温でピザはすぐにパリッと焼き上がり、再びロドリゴの手によって取り出された。

「……まあ、トマトとチーズが合うわね。ルッコラの香りもいいわ。パンの端が特にカリカリしているのね」

　立食形式だが、今日はテーブルもいっぱい用意しておいた。ナイフとフォークを使って、器用にピザを切り分けた王妃は目を見張る。

「ふわふわのパンでも美味しいです、王妃様。ソースを違うのに変えても美味しいです。今日は全部トマトソースだけど」

　王宮の料理人に渡すためのレシピはもう書いてある。王妃が気に入ったのなら、王宮に持って帰ってもらおう。

「ん、切れない……」

　王妃と同じようにナイフとフォークで食べようとしたハビエルは苦戦している。エルはするっと側に行き、ピザを一切れ自分の皿に取った。

「殿下、手で食べても大丈夫！　エルは巻いて食べちゃう！　こうやって、折って食べてもいい」

　耳側をふたつ折りにし、三角の先端からかぶりつく。一切れ食べきってから、ハビエルに目をやった。彼はエルが一切れ食べ終えるのを待ってから、同じようにふたつ折りにしてかじりついた。

「わわ、伸びるよ……！」

アツアツのピザを手で口に運んだハビエルは、チーズが伸びるのに驚いていた。

噛み切れずに、口の周りがトマトソースとチーズでべとべとになっている。だが、味は気に入った様子で、続けてもう一切れ手に取った。

「殿下、お口にソースがついています。失礼しますね」

「あ、ありがとう……」

エルの目論見通り、イレネはせっせとハビエルの世話を焼いている。その様子が、エルの目には微笑ましいものにうつった。

ハビエルの方も、イレネにいろいろ構われて悪い気はしないようで、もじもじとしながらもおとなしく口を拭いてもらっていた。

「食べる？」

肩の上にいるスズに問いかけているあたり、可愛らしいと思ってしまうのは間違っているだろうか。

「エミーさん、ピザ美味しい？」

新しく焼き上がったピザを、エミーが食べているのに気づいて側に寄る。彼女は、豪快に手でピザを食べていた。先端からくるくる巻いて、棒状になったところで、えいやっと一口に入れてしまう。

「美味しいわ、とても！　ミルクモーの乳製品でしょう？　私、チーズ大好きなんです」

「よかった！」

エミーが気に入ってくれたのなら、今日の目的はある意味達成できた。正直、王妃の胃袋を掴むより、エミーの胃袋を掴む方がエルにとっては大切なのである。

エミーの胃袋を掴んだことに満足し、今度はハビエルの方に戻る。エルはエルで大忙しなのだ。

「殿下、次は自分の好きなピザを作りませんか？」

頃合いを見てエルが声をかけると、ハビエルは驚いた様子で目を丸くした。

今日のメインであるピザが一番気に入った様子で、ハビエルは三切れ目のピザを食べ終えたところだった。

「自分で作るの？」

「作れます！　あっちに準備しました！」

指をさしたテーブルには、トマトソースを塗っただけのピザ生地と、種類ごとに分類され、並べられた具材である。

「行きましょ、殿下！」

王妃の方にちらりと目をやる前に、エルは強引に引っ張った。今日は大人のお付き合いにハビエルが付き合わされた形だ。少しはハビエル自身も楽しめばいい。

ピザ生地に手を出す前に、石鹸で綺麗に手を洗う。まだやるかどうか迷っている様子ではあったけれど、ハビエルも手を洗った。

「……どうすればいい？」

「好きなものを乗せます！　イレネちゃんは何が好き？」

トマトソースを塗ったピザ生地をハビエルに渡しながら、イレネに話をふってみる。エルの予想通り、イレネはさっと話に乗ってくれた。

「そうね。迷っちゃうけど、ベーコンでしょう？　それから、生ハム、玉ねぎも焼くと甘くなるから好き。エルちゃん、これはなぁに？」

「それは、豚のロースト！」

「じゃあ、それも乗せてしまおうかしら。これは卵かしら？」

「茹で卵をソースであえたの！　卵サラダ！」

両手をワキワキさせながら、イレネはピザ生地の前に立った。いつも「小さな淑女」という様子を崩さないイレネが、こんな顔を見せるのはあまりない。

「ベーコン、生ハム、豚のロースト……あ、鶏肉もあるわね。乗せちゃおう」

イレネは、肉食系女子だった。

イレネらしいなと思ったのは、具をばらばらに乗せるのではなく、綺麗に形を作っているところだ。

まずは中央に生ハム。それからその周囲に刻んだベーコンを並べる。最後に豚肉と鶏肉を交互に並べた。

「イレネ嬢、上手だな！　じゃあ、俺も俺も！　リティカ嬢、一緒に作ろう」

本当は大人組にいなければならないであろうラースとリティカもこちらに合流してしまった。いいのか、それで。でも、リティカも楽しそうだからよしとしよう。エルの分のピザ生地を譲ればいい。

「玉ねぎ、サーモン、それからジャガイモ、肉も乗せよう。リティカ嬢はどのピザがよかった？」

「わ、私は生ハムの……」

もじもじとしているリティカの前にラースは生ハムの入った器を移動させた。二枚だけトングでつまんで移動させるリティカを見て笑う。

「もっと乗せても大丈夫！　勇気を持って！」

なぜそこで勇気が必要なのだ。でも、今リティカに必要なのは思いきりなのかもしれない。

「メル兄さん、俺のに乗せる？」

ハロンがメルリノを誘っている。

成人している人の分は生地を用意しなかったのだが、用意しておくべきだっただろうか。失敗した。

「んー、じゃあ、僕はハロンの手伝いをしますね」

せっかくだからとメルリノはハロンの手伝いをすることにしたようだ。

さて、どうしよう。手持無沙汰になってしまった。今から生地を追加で作ってもいいけれど、寝かせる時間は必要だし。

「エル……エルリンデ嬢」

「はい、殿下」

「何を乗せたらいいのかわからないんだ。手伝ってくれる?」

困ったような顔をして、ハビエルがこちらを見ている。小さな子の頼みは断れない。今のエルは、同じ五歳だけれど。

「いいですよ、お手伝いします。殿下は何がお好き?」

「ナス」

「ナス!」

びっくりした。ナスを好む子供がいるとは考えていなかった。ナスは、エルが使うつもりで準備したものがある。

「ナス美味しいですよねえ、じゃあ、いっぱい乗せましょう!」

ナスはトマトとも合うし、チーズとも合う。素揚げにしたナスはたっぷり油を含んでいて、大盛チーズのピザに乗せたら罪深い味だ。

「それから、殿下は何がお好き？」

「……マッシュルーム」

「乗せましょう！」

「ベーコンは、薄切りじゃなくて塊のが好き」

「そこにある！」

ナスにマッシュルームにベーコン。なかなかいいセンスをしている。

「エル……リンデ嬢は、何を乗せたい？」

「エル？　エルは、いっぱい作ったからもういいの」

「……でも」

エルが自分用に用意しておいた生地はラースが持っていってしまった。リティカと楽しんでくれるのならそれでいいし、エルは試作を含めて何枚も作っている。

「エルリンデ嬢は、何を乗せたらもっと美味しくなると思う？」

「殿下、エルでいいですよ。エルのお名前長いもの」

そう言っておいて、エルは悩んでしまった。何を乗せたら美味しいだろうか。何を乗せてもきっと美味しいだろうけれど。

「殿下……ソーセージを乗せちゃうのはどうですか。ベーコンとソーセージ両方……」

「それは……すごいな……」

ひそひそと囁き合ってから、ふたりともにっこり。

最終的にはソースとチーズが上手にまとめてくれるから、何を乗せても美味しく仕上がるはず。

「エル！　どうしよう！　ピザが重い！」

ラースは張りきりすぎて、生地の上に具材が山盛りになるほどだ。これ、ちゃんと火が通るのだろうか。

「ラスにぃに、乗せすぎ！　だけど、気をつけて石窯に入れたら大丈夫！　きっと大丈夫！」

ちらりとリティカの方に目をやったら、ラースの奮闘ぶりがおかしいらしくて、くすくすと笑っている。やっぱり前回顔を合わせた時よりも、彼女の表情が豊かになっているような気がした。

「ラスにぃの作ったピザは、食べるのが大変そう！」

「ちょっと欲張りすぎたかな。でも、俺が食べたいものとリティカ嬢が食べたいもの全部乗せたらこうなった」

ナイフとフォークを用意しておいた方がいいかもしれない。

具材が山盛りにされたラースとリティカのピザはなんとか焼き上がり、肉系の具材ばかり乗っているイレネのピザは、最後にルッコラを散らしてより華やかに。

メルリノとハロンのピザは、鶏肉とサーモンが半々だ。エルが教えていないのにハーフアンドハーフという概念を作り上げたらしい。

順番に焼き上げたピザを、大人達も含めて味見する頃には、すっかり打ち解けた空気が流れていた。

「エル嬢。これ、美味しいね。こんなに美味しいものは、食べたことがないかも」

「殿下の作ったピザですよ！」

ハビエルとエルの共作は、いい感じに焼き上がった。王妃もハビエルの作ったピザを美味しいと食べていたので、エルもほっとした。

「エル嬢……」

「なあに？」

「えっと、ごめん」

「エルは気にしてない。殿下も気にしないで。あ、帰る時にスズは返してもらえると嬉しいな」

「……わかった」

ハビエルが笑って、エルの胸もほっこりと温かくなってくる。ハビエルと友人になることができて本当によかった。

「あらあら、エルちゃんもハビエル殿下もお口の周りがすごいことになっているわ！」

さっと近づいてきたイレネが、ハンカチでふたりの口元を順番に拭ってくれる。

イレネも同じようにピザを食べていたはずなのに、彼女の口元は汚れていないのが、エルには不思議でならなかった。

＊　＊　＊

ハビエルが王宮に戻ってきたのは、五歳の誕生日が過ぎた直後のことだった。

病気療養のために空気の綺麗な田舎に預けられていたのだが、完治したので王都に戻ることを許されたのだ。

預けられていた親戚の家まで王家の使いが来てくれて、王都まで長い旅をした。

その間、両親との再会が楽しみでそわそわしていたけれど、その反面不安も覚えていた。最後に両親と顔を合わせたのは三歳の時。

両親の顔もはっきり覚えていなくて、王都から取り寄せた肖像画を眺めてはどんな人達だろうと想像する毎日だった。

もしかしたら、最初の顔合わせの段階で失敗してしまったのかもしれない。

長い間離れていた母と顔を合わせた時、どうしたらいいかわからなくてもじもじとしてしまったから。

「……困ったわね」

不意にそう漏らした母の声を、ハビエルは聞き逃さなかった。

（……お母様、困ってる……？）

優しい人だと思っていた。乳母もそう言っていた。

ハビエルのことを気遣って、毎日のように手紙をくれた。

身体が丈夫になったら、王都で一緒に暮らしましょうと書かれていたその言葉を信じて、田舎の大きな屋敷でひとり暮らした。

――だけど。

いい友人になれそうな子がいるのだと、再会した母の口から出てくるのは精霊に愛されているという女の子のことばかり。

信じられないような美味しいお菓子や料理を作ることができるというその言葉が、信じられなかった。

だって、ハビエルに同じことをしろと言われても無理だ。

最初に顔を合わせた時から、気に入らなかった。

「エル嬢はしっかりとしていること」、「ハビエルの勉強は少し遅れているの」、「領地でもしっかり勉強するよう乳母には伝えていたのだけれど……」と、エルと比べてハビエルはだめな子なのだということばかり。しまいには、乳母がなっていないとまで言い出した。

辺境伯夫人のロザリアが、「これからぐんぐん成長する」と言ってくれてほっとした。他の人のお母さんなのに。

なのに、そのあとすぐハビエルはやらかした。エルが連れている精霊達にリボンを巻いてあるのが変だと口にした。

その瞬間、母の顔が強張ったのを見逃さなかった——母は、エルの機嫌を損ねるのを恐れているらしい。

けれど、エルの方はハビエルの発言をまったく気にしていないみたいだった。

「撫でてみる?」と差し出されたのは、ふわふわとしたぬいぐるみのスズ。口のところが少し曲がっている。そのスズを撫でてみたら、ものすごくふわふわとしていた。

いつまでも撫でていたいような気もしたけれど、辺境伯領では魔物の肉を食べると聞かされてちょっと怖くなった。

ぽいっとスズを放り出して、バタバタとその場を離れる。離れたけれど、何をしているのかが気になって、少し離れたところから様子を見ていた。

「あの子、何が気に入らないのかしら……」

と、母が額に手を当ててるのを見て、胸のあたりがぎゅっと掴まれたみたいになる。母には、自分のことを見てもらいたいのに。

それでも、何をしているのかを見ていたら、ロザリアがハビエルを呼んだ。

「殿下、殿下もかき回してみませんか？」

そう言ったロザリアに近づいていったら、ボウルをかき回していたエルが口にスプーンを突っ込んできた。そのアイスクリームが冷たくて甘かったこと。

「でしょー！　こうやって冷やすともっと美味しくなるの」

思わず目を丸くしていたら、エルは自慢そうに笑った。その時わかってしまった。

エルはハビエルのことなんて、まったく気にしていない。卑屈になりそうな自分が嫌で、渡された木べらを手に取って同じようにしてみる。

「けっこう大変、これ……！」

同じ動作を何度も繰り返すのが、こんなに大変だと思っていなかった。受け取った時には軽かった木べらが、だんだん重くなってくる。

「ねえ、いつまでかかるのかしら？」

「まだまだかかりますよ、王妃様！」

そう言い返すエルは、母のことをまったく恐れていないみたいだった。母は、王妃なのに。

事前に用意しておいたというアイスクリームのボウルが運ばれてきて、皆でそちらを食べることになる。

冷たくて、甘いアイスクリームを堪能していたら、また母が口を滑らせた。

「エル嬢は、謙虚なのね。ハビエルもエル嬢を見習いなさいな」

とたん、胸にずしんと重い石を詰め込まれたような気になる。アイスクリームももう入りそうになかった。

「王妃様、殿下はとても努力家でいらっしゃいますよ。病を克服なさったのですもの」

柔らかな口調で、ハビエルの側に立ってくれたのはロザリアだ。

その場を離れようとしたら、エルがなぜか花を見に行きたいと言い出した。一緒に行くのは嫌だったけれど、エルと一緒にいろという母の無言の圧力を感じ取ってしまった。

エルの方から手を差し出してくれたので、しぶしぶその手を取る。

「僕は、お前なんて大嫌いだ！」

「……エルは嫌いじゃないです」

思わず口にしたら、大きな目を瞬かせたエルは申し訳なさそうにそう返してきた。

本気で言ったわけではなかったから、ハビエルの方もどうしたらいいのかわからなくなる。

差し出されたぬいぐるみに頬を寄せたら、柔らかな毛並みがなんだか安堵《あんど》させてくれるような気がした。


エルの母親だという辺境伯夫人は、しばしば王宮にやってくる。

ハビエルは彼女と顔を合わせたり合わせなかったりだけれど、いつも彼女はにこにことしていた。母である王妃とは仲がいいみたいだけれど、ひとつだけ羨ましかったのは、彼女が、エルと誰かを比べるような発言をしないことだった。

彼女の口から出るのは、四人いる子供すべてを愛しているということばかり。

（お母様もこうだったらよかったのに……）

と、ロザリアと母を比べかけ、ぶんぶんと首を横に振る。自分がエルと比べられて嫌だったのだから、母とロザリアを比べるのは間違っている。

だけど、ロザリアに会いたくて、彼女が来ると聞いた日は、なんとなくふたりがいる部屋の側をうろうろとしてしまう。

ハビエルに会う度に、ロザリアはかがんで目を合わせて微笑んでくれる。真正面からハビエルを見てくれる人がいるのだと思ったら、心の中が満たされた。

母はハビエルを愛してくれなくても、ハビエルの存在を認めてくれる人がここにいる。ロザリアと会っている時だけは、心の寂しさが埋められるような気がした。ロザリアに愛されているエルが、羨ましくもあった。母も、自分のことを愛してくれたらいいのに。

そんな母との関係が変化したのは、母とロザリアが話しているのを聞いてしまった日のことだった。

「ハビエルと離れて暮らしていたのは、失敗だったかしら。あの子、私にはまったく懐いてくれなくて」

「王妃様……殿下を抱きしめてあげたことは？」

「抱きしめる?」

「ええ、そうです。ずっと遠いところで頑張っていらしたのですもの。たくさん抱きしめないと」

「抱きしめる……」

同じ言葉を繰り返した母は、わからないというように首をかしげていた。そんな母に向かって、ロザリアは笑いかける。

「子供は、母親と触れ合うのが大好きなんですよ。乳母はそう言っていませんでしたか?」

「そうは聞かされたけれど……」

「私は四人も育てているんです。騙されたと思って試してみてください」

ロザリアの言葉を、母がどう受け止めたのかはわからない。

——でも。

その日の夜。

王宮に戻ってから初めて抱きしめてもらった時、ハビエルは身体が一気に軽くなったような気がした。心が軽くなって、ふわふわとして。

「お母様、大好き」

そう言ったら、母もまたほっとしたように見えた。たぶん、この時からだ。母とハビエルの関係が少しだけ変化したのは。

次にエルと顔を合わせたのは、王都にある辺境伯家の屋敷に招待された時のことだった。

辺境伯家の倉庫には、ハビエルが今まで見たことのないようなものがたくさんあった。ドラゴンの牙とか、皮とか。

大きな亀の甲羅にもびっくりした。魔物は大きくなる傾向にあるというけれど、あんなにも亀が巨大に育つなんて。

生まれて初めて食べたピザという料理は、美味しかった。チーズとトマトソース、そこに乗せられた様々な具材。

自分でも作ることができると聞いてびっくりしていたら、エルはハビエルにピザの作り方を教えてくれた。

用意された生地に自分の好きな具を乗せるだけ。好きなものを好きなだけ食べられる。楽しい。ベーコンとウィンナーを両方乗せる。

（……悪いことしちゃったな）

エルは、ハビエルに敵対なんかしていなかったのに。

「えっと、ごめん」

母がハビエルの作ったピザを食べて笑みを浮かべてくれた。それを見て、エルに謝罪する。

言いたいことはいっぱいあったはずなのに、何ひとつ出てこなかった。

「エルは気にしてない。殿下も気にしないで。あ、帰る時にスズは返してもらえると嬉しいな」

そう言って笑ったエルは、言葉の通り気にしていないみたいだった。何の邪気もない笑み。

エルにはかなわない。なんとなく、そう思わされてしまった。

母がエルを気に入っている理由もわかったような気がした。エルは、たくさんの愛をふりまこうとしている。

ハビエルがエルに意地悪をしたことだって、きっとエルは気にしていない。今だって、ハビエルに向かってにこにことしているのだから。

（……友達に、なれたらいいいな）

不意にそう思う。

エルと友人になりたい。

第五章　結婚式にはあまーいスイーツが必要なのです

王妃の許可を取って、ハビエルが再び王都の辺境伯邸にやってきた。

王妃とハビエルの仲については、エルができることはない。あとはうまくいくといいなと祈るだけだ。

王妃はハビエルを愛していないわけではないのはわかっている——それでも、ハビエルを大切にしてくれる人は多い方がいい。エルが、今の家族に愛されているみたいに。

「エル嬢、次は？」

「えっと、型を抜く！」

厨房でクッキーを作っているふたりの様子を見守っているのは、ロザリアである。

王妃は、今日はどうしても外せない公務があるとかで、朝、ハビエルを辺境伯家に送り届けてきたのだ。

兄達はそれぞれの修業、ロドリゴも仕事でいない。ハビエルとふたりで過ごすのは初めてのことだ。

「エルは猫ちゃんにする！」

「じゃあ、僕は犬！」

エルがお菓子を作るようになったので、クッキー型も様々な種類のものを用意してもらった。猫の次は、ウサギにしようか、それとも木の形にしようか。

「エル嬢は、お菓子を作るのも上手なんだね」

「エル、お菓子はあまり作れないの。簡単なお菓子しか作れない」

エルはしょんぼりとしてしまった。前世もお菓子はいろいろ作ってみたけれど、あくまでも家庭で作るお菓子の延長である。

王宮の菓子職人達が作るお菓子の方がはるかに美味しい。

「辺境伯領には、お菓子職人がいないから……」

「そうなの？」

「うん。王都に来た時に食べるか、王都から買ってきてもらうかなの。あとはエルが作るか」

領地の人達の甘味といえば、生の果物かドライフルーツ程度である。

砂糖の流通量が多くないため、菓子は入手しにくい。それは辺境伯領でも変わらず、以前は蜂蜜をそのまま舐めていたぐらいだ。

今でも提供されるのはエルが作れる難しくないお菓子だけで、凝ったものは出ない。

「殿下は、お菓子好き？」

「好き。マドレーヌ、大好き」

「エルも、マドレーヌは好きよ――あ、忘れてた」

話に夢中になっていて、クッキーの型抜きを忘れていた。それからは、ふたりでせっせと型抜きをし、天板に並べていく。

「スズは？」

「スズ……は、あ、あそこにいた。スズは、お料理する時には、遠くにいるの」

調理道具であるジェナやベティとは違い、スズが厨房に入ってもできることはない。うかつに料理している側に寄って汚れても大変だと思っているらしく、厨房に入っても棚の上にいるのがいつものことだ。

「あとで、スズを抱っこしてもいい？」

「どーぞ。でも、クッキーの型抜きが終わってからね！」

熱いオーブンに天板を入れるのは、側で見守っていたロザリアが担当してくれた。

子供同士の会話には口を挟まず、見守ってくれるのがありがたい。

「辺境にも、お菓子職人が来てくれればいいのに。殿下、誰か辺境に行ってもいいよって人知らない？」

「んー、知らないなぁ」

「だよねぇ……」

やはり、ハビエルも辺境まで行っていいという菓子職人は知らなかったか。

王宮にはたくさんの菓子職人がいるだろうから、王妃に頼んだらひとりぐらい紹介してくれないだろうか。

「……ん、いい香りがする！」

「どうして、菓子職人が必要なの？」

オーブンの中では、クッキーがいい色に焼けている。厨房に漂う甘い香り。

クッキーの香りを楽しんでいるみたいに鼻をひくひくとさせながら、ハビエルは問いかけてきた。ロザリアの方をちらっと見てから、エルはハビエルに身を寄せる。

「結婚のお祝いのケーキを作りたいの！　そして、その人がそのまま辺境に来てくれたらいいなあって……そうしたら、辺境伯領でも美味しいお菓子がいっぱい食べられるでしょう？」

菓子職人を見つけるのは、エルにとっての急務だった。

この世界に、ウエディングケーキという概念はないけれど、アルドとエミーの結婚式に大きなケーキを出したいと考えている。

問題は、エルがケーキの作り方には詳しくないというところで。

全部同じ重さで材料を揃えればいいパウンドケーキとは違い、ウエディングケーキ用のケーキとなるともっと繊細さが必要となる。

自分で作ったお菓子だけではなく、職人が作ったお菓子も食べたい——となると、どうしたって辺境に来てもらう必要がある。新しい商品の開発もしてもらいたいし。

どうしよう。どこかで妥協すべきだろうか。

辺境まで来てもらわずに、王都の屋敷で菓子職人をしてもらうとか。でも、試食はエルがしたいし……。

「ごめんね、よくわからなくて」

「ううん、それより、殿下。この箱にクッキーを詰めましょう。お土産です！」

普通の王子はお菓子なんて焼かないかもしれないけれど、ハビエルはエルと一緒にお菓子を焼いた。ふたりでは食べきれない分量だから、王宮にも持ち帰ってもらおう。

クッキーの箱を抱えたハビエルが、満足して王宮に戻るのを見送った頃、兄達が戻ってきた。

「エル、散歩に行こうぜ！」

「お菓子買ってあげるから！」

ラースとハロンがエルを誘ってくる。遊びに連れていってもらえるのは嬉しいけれど、今は遊ぶより菓子職人探しをしたい。

「そうだ。魔術師団の魔術師から、素敵な飴を作る職人がいると聞いたんです。行ってみませんか？」

先に書斎に本を片付けに行っていたメルリノが声をかけてきた。何でも、動物や果物の形に飴を作ってくれる職人の屋台があるそうだ。

「飴！」

前世でも、飴職人の素敵な仕事を見たことがある。これが本当に飴なのかと思うほど繊細な細工がケーキの上に乗っているのを見たこともあった。

「行きたい！」

菓子職人探しは、ひとまず後回しにしてもいい。

魔術師団員には、甘いものを好む人が多いそうだ。頭を使うと、どうしても甘いものが欲しくなるらしい。

そのため、王都の美味しい菓子屋についての情報は、魔術師団内で共有されているという。エルが作ったパウンドケーキやクッキーを差し入れしたので、メルリノにも情報を回してくれたそうだ。メルリノについていけば、街でいい人に出会えるかもしれない。

「何でも、王宮の菓子職人にも匹敵する腕の持ち主だそうですよ」

「飴細工が？」

「いいえ、他の菓子も美味しいと聞きました」

「美味しいお菓子作れるのに飴屋さんなの？」

もしかして、怪我をしたとかなんらかの事情で、職人を続けられなくなったのだろうか。お菓子作りには意外と体力を使うというのをエルは知っている。

騎士団全員の分のお菓子を作ろうと思ったら、ものすごく大変なのだ。便利な道具をいろいろと開発してもらっているけれど、エルひとりでは追いつかない。

屋敷からはそう遠くないところに屋台を出していると聞いたので、四人でてくてくと歩いていく。ラースが肩から提げている鞄の中にはジェナとベティ、ハロンの肩にはスズが乗っているから、合わせて七人だ。

「わわ、すごい！」

屋台の前には、子供達が集まっていた。

注文を受けた飴職人が、頼まれた　品をさっと作り上げている。柔らかな飴をあんなにも自在に扱うだなんてすごい。

「さて、若様とお坊ちゃん達は何を作る？　一番小さなお嬢ちゃんは？」

四人で並ぶと、あっという間にエル達の順番がやってきた。お坊ちゃんと呼ばれたメルリノとハロンは照れくさそうに笑った。

「僕はもう成人しているんですけどねぇ……」

「それは、失礼。じゃあ、若様達とお坊ちゃんとお嬢ちゃん、だな」

笑った職人は、感じのいい笑みの持ち主だった。二十代後半、三十代というところだろうか。しっかりとした体格は、彼の修業の成果を物語っているようでもあった。

「エルは、ウサギさん！」

精霊は宿っていないけれど、兄達から貰ったウサギのぬいぐるみは大切な宝物である。精霊達の中から誰かを選ぶと喧嘩《けんか》になりそうな気がしたので、ウサギを選んだ。

「俺はフライパンにしようかな」

「それなら、僕は、包丁ですね」

「じゃあ、俺はこの肩に乗ってるぬいぐるみと同じやつ！」

ラースがフライパン、メルリノが包丁、そしてハロンがぬいぐるみを選んだ。エルの精霊達の姿である。

エルは、ウサギにしたのに。けれど、ピッとラースが親指を立ててきたので、安心した。兄達に任せて大丈夫みたいだ。

（……いいのかな？）

「フライパンに包丁って……」

「珍しいだろ？　でも、この子が料理するからさ」

「このぬいぐるみは、エルのお気に入りなんだ」

ラースがエルを前に押し出し、ハロンは肩を指す。メルリノはそっとエルの肩に手を置いた。

「フライパン、包丁……ねぇ」

首をかしげながらも、職人は新しい飴を手に取る。

まず作ってくれたのはウサギ。くるくると棒に巻きつけられた飴を引っ張ったり、回したりしている間にウサギの形が出来上がる。

次に、ハロンの肩にいるスズ。これもまた、ささっと出来上がった。

意外と苦戦したのはメルリノが注文した包丁である。先端の尖った形に若干戸惑った様子だったけれど、最後にはきちんと出来上がった。

ラースの注文したフライパンを受け取って、ここで終了。順番待ちの列から離れる。

「わあ、美味しい！」

飴にはわずかに果物の香りが混ざっている。リンゴだろうか。見た目は甘そうなのに、少し酸味があるのがいい。

「美味いな、これ」

「うん、美味しい！　ラスにぃに、あの人に結婚式の飴お願いできないかな？」

「あー、そりゃいい考えかもな。テーブルに置いておいたら、子供達が喜ぶだろう」

アルドやエミーの親戚には、幼い子供達もいる。

結婚式の間、子供をおとなしくさせておくのは難しい。おもちゃを用意するつもりだけれど、甘いものを子供達用にテーブルに並べておくのもいいかもしれない。

「あ、それより目の前で作ってもらったらどう？　エルびっくりしたもの！」

先に様々な形を作ってもらってテーブルに並べておくより、目の前で好きな形を作ってもらった方が子供達は喜ぶ気がする。

「交渉してみましょう。閉店したら、屋敷に来てもらうのはどうですか？」

メルリノも悪くはないと思ったようだった。エルの提案に乗ってくれる。

「そうだな、それがいいか」

飴を舐め終えたラースは、職人の方に寄っていく。改めて声をかけられた職人は、驚いたように目を丸くした。

それから何度かうなずき、深々とラースに頭を下げる。こちらに向き直ったラースが、また指をピッと立てたから、どうやら交渉は成立したようだ。

「今日はそろそろ店じまいしようと思っていたから、問題ないってさ。屋台を片付けたら屋敷に来てくれるって。ついでに夕食を取ってもらえばいい」

あっという間に屋台を片付けた職人は、屋台を引いて立ち去った。王都の屋敷の場所は知っているから、問題ないらしい。

屋敷に戻り、わくわくしながら待っていたら、職人がやってきた。家に一度戻って身なりを改めたのか、街中で見かけた時よりはぴしっとした服装だ。

「これ、お口に合いますかどうか……俺、こういう菓子も作れるんで」

そう言って、ラースに渡したのはカップケーキだった。

ただのカップケーキではなくて、生クリームと砂糖菓子で作った飾りがつけられている。王宮の茶会で見かけるような素敵なカップケーキだ。

（……この人、すごい腕の持ち主だな？）

エルがじっと見ていたら、職人はだらだらと汗を流し始めた。

「す、すみません！　貴族の方だと毒見とか必要ですよね……？　それは持って帰り」

「あー、大丈夫大丈夫。うちにはメルリノがいるからな」

「任せてください。万が一毒が入っていても、すぐに解毒しますから」

「……え」

妙な声を出したのはエルだった。万が一毒が入っていてもって、解毒すること前提なのか。最初に調べるという方法はないのか。

「というわけで、俺が先な？」

「や、ラスにぃに、それはどうなの！」

辺境伯領の跡取りが最初に怪しいものに手を出すってどうなんだ。それならエルが先に――と手を伸ばしたら、その手をひょいと押さえられた。

「スズ」

テーブルの上に置かれたカップケーキの周囲をぐるぐると回ったスズは、ふさふさとした尾を立てた。そして、エルの手をカップケーキの方に持っていこうとする。小さな前足でエルの手を握っているのは可愛い。

「大丈夫ってスズが」

どういう理屈かエルにはわからないけれど、毒が入っていないことをスズは確信したらしい。スズがそう言うのなら安心だ。

「すみませんすみません俺考えなしで！」

「気にするな。他の貴族の家ならともかく、うちじゃそんなこと気にしないからな」

そこは気にした方がいいのではないだろうかとエルは心の中で突っ込んだ。

「兄上は頑丈ですからね。それに、僕もハロンもそうですよ。王都の人とは鍛え方が違うんです」

「メルにぃに。毒は身体を鍛えているかどうかはあんまり関係ないと思うの……」

まさか、メルリノまでそんな肉体派な発言をするとは思っていなかった。

そういえば辺境伯領では脳筋、つまり脳みそまで筋肉は誉め言葉なのだった。なんなら、魂まで筋肉でもちょうどいいぐらいだ。

「じゃあ、エルもいただくね！　ええと、お兄さんお名前は？」

「し、ししし失礼しました！　おおおお俺は、トルテと言いましゅっ！」

噛んでる。エルもいっぱいいっぱいになるとすぐ噛んでしまうので、トルテには親近感を覚えた。トルテは、真っ赤になってしまっている。

「……美味しい！　トルテ、お菓子作るの上手！」

やはりちゃんとした職人が作ったものは、エルが作ったものとは違う。

飾りに使われている生クリームとケーキ本体の相性とか、焼き上げられた生地の舌触りとか。

上に飾られている砂糖菓子も可愛らしい。エルが選んだのは、小さな女の子がちょんと乗っているカップケーキだった。

「本当だ、美味いな」

「これなら、貴族の屋敷や王宮で働いていてもおかしくないだろ？」

ラースとハロンも口々にカップケーキを誉めている。ハロンなんて夢中になりすぎて、頬に生クリームがついているぐらいだ。

「貴族の屋敷や王宮で働こうと思ったことはないんですか？」

ゆっくりと味わいながらメルリノが問いかける。メルリノの言葉に、トルテは首を横に振った。

「王宮の菓子職人になるのが夢だったんですが、平民は、王宮の菓子職人になる試験を受けるのも難しいんですよ」

トルテの説明によれば、王宮の菓子職人の募集はそもそも少ない。

たまに募集があった時、貴族の屋敷で経験を積んだ者が、師匠の推薦によって試験を受ける資格を得られるのだ。

そのため、まず貴族の屋敷で働く必要があるのだが、その段階で伝手のない者は門前払いなのだという。

トルテは、以前は町の菓子屋で働いていたのだが、貴族の屋敷で働く伝手《つて》を求めるためにそちらの仕事はやめたそうだ。

「……それで屋台で飴を？」

「生活費は必要ですし、飴細工の腕は落としたくないんで。さすがに包丁を注文された時はびっくりしましたが」

平民の出だと言うが、礼儀作法はしっかりしている。今食べさせてもらったカップケーキから判断すれば、菓子作りの腕も、かなりのもの。

王宮の菓子職人を志すぐらいだから、エルの発想をきちんとした形にできる腕もあるだろう。逃すのは惜しい人材である。

「ラスにぃに！　エル、ほちい！　トリュテほちい！　雇って！」

「出たぞエルの『ほちい』が……」

ラースに笑われてエルは赤面した。

辺境伯家に引き取られてたくさんおしゃべりするようになった。

以前は舌足らずだった言葉遣いも改善された。だが、興奮すると舌が絡まってしまうのだ。

「たしかに菓子職人は探していたからな。トルテ、結婚式の飴細工だけじゃなくて、菓子職人として雇うって言ったらどうする？」

ラースの言葉に、トルテは驚いたように目を瞬かせた。

それはそうだろう。エルがトルテだったとしても驚く。エルの望みをあっさりかなえようとするなんて。

「エリュ、無理言わない！　トリュテが嫌なら、断ってもいい！」

エルとしてはトルテを雇いたいけれど、トルテの方にだって仕事先を選ぶ権利はある。断ってもいいとは言ったけれど、こちらとしても交渉材料は並べておかねば。

「トリュテ、へんきょー伯領に来てくれたら、こーきゅー食材ちゅかい放題！　あと、エリュ、王宮のしょくりょー保管庫の食材もちゅかえる！」

少し前に、国王自らエルに届けてくれたのは食料保管庫の鍵。

中の食材を使う権利をエルに与えてくれたのだ。たぶん、新しい料理の考案を期待してのことだろうけれど、お菓子の材料だって同じ場所にあるはずだ。

王宮の食料保管庫と聞いて、トルテはますますびっくりした顔になった。

「へんきょー伯領、魔物出るけど、にぃに達が全部やっちゅけてくれるから大丈夫！　エリュ、トリュテがほちい！」

なんだか熱烈な求愛だな、と口にしてから自分でも思う。

だが、辺境伯領が危険だということもちゃんと伝えておかなくてはならない。

今まで交渉した菓子職人が全員断ってきたのは、辺境伯領が危険だからという理由も大きいのだから。

「俺で、いいんですか……」

「エリュ、お菓子のアイディアいっぱいある！　でも、腕が追いつかない。エリュとトリュテで新しいお菓子ちゅくりゅ！」

前世では、美味しいお菓子をたくさん食べてきた。

そのすべてをこちらで再現できるとは思えないが、この世界での菓子類の知識を持っている人が側にいてくれたら、ある程度は再現できるはず。

それに、トルテの飴細工で飾っただけで、きっとお菓子はもっと華やかになる。

「へんきょー伯領まで来なくてもいい！　王都のお屋敷でもいいの！　ほちい！」

「ちなみに給金は一年でこのぐらいな？　これ以上欲しいなら、父上と交渉するのでちょっと待ってほしい」

エルはぐいぐいと詰め寄り、ラースは手近な紙に一年分の給料をメモ書きして差し出す。エルの剣幕に押され、ラースの差し出した紙に目をやったトルテは悲鳴をあげた。

「若様、これは高すぎですって！」

「辺境伯領まで来てくれるってならこのぐらい出さないとだろ？　うちは節約はするが、ケチなことはしないんだ」

「トリュテ！　お願い！　うちに来て！　エリュ、トリュテほちい！」

「あああ、ちょっと、ちょっと待ってください……！」

エルの剣幕に押されたトルテは、床に座り込んでしまった。頭をかきむしっている。

（……やりすぎた……？）

その様子に、相手の都合も考えずにぐいぐい詰め寄ってしまったことに気づく。エルは真っ青になったけれど、深呼吸を繰り返したトルテは立ち上がった。

「俺でいいんでしょうか？」

「トルテがいいとエルが言ってる」

「辺境伯領の食材が素晴らしいことは聞いています。珍しいものもたくさんあるって……」

魔族領との取引で、国内では手に入りにくい食材も、辺境伯領で消費する分ぐらいなら入手可能なのだ。味噌や醤油など、懐かしい食材は、魔族の行商人から買い取っているものである。

トルテはエルに目を向けた。エルとトルテの視線が、真正面からばっちりと絡み合う。どちらも視線をそらそうとはしなかった。

しばらく黙って見つめ合っていたけれど、トルテはふっと息を吐きだした。ぐっと肩に力を入れてから宣言する。

「辺境伯領までお供しますっ！」

「いいの？　エリュ、遠慮ちないよ？」

「王都で飴屋をやるのも悪くないですが、俺の腕を認めてくださる方がいるのなら……それに、辺境伯家は最近の流行を作り出しているじゃないですか。お供しますとも」

先ほどまでのびくびくした様子はどこへやら。トルテはやる気をみなぎらせていた。

「おし、じゃああとで契約しよう。支度金も出すからな！」

「若様、それはいただけません。雇っていただけるだけでありがたいです」

ラースとトルテの交渉の結果、支度金はトルテが固辞したためになしになった。

その代わり、年俸は、最初にラースが提示した金額である。

「多すぎですが……」

「でも、トルテ、きっと自分でお金出して材料買うでしょ？　いっぱいあっても困らないと思うの」

契約してくれることになったので、エルも落ち着きを取り戻した。メルリノはいい人を見つけてきてくれた。

「たしかに！」

トルテはポンと手を打った。

試作はエルも一緒にやるつもりだし、そもそも、試作用の資金もちゃんと確保してある。

トルテが自分の懐を痛める必要はまったくないのだが、そう言わないと彼も受け取ってくれないと思ったのでそう言ってみることにしたのだった。

あと、エルが彼の立場ならば、珍しい食材を見かけたらきっとその場で買ってしまう。心置きなく使うためにも、充分な現金は必要なのだ。

トルテが来てくれたことで、新たなお菓子の開発を始めることができそうだ。となれば、まず行くのは王宮の食料保管庫である。

王宮の食料保管庫からチョコレートを貰ってきたのだが、持ち帰った量を見たトルテは目を丸くしていた。

「こんなに大量のチョコレートいいんですか……？」

「んふふ、王宮の食料保管庫にはまだいっぱいあったから大丈夫！」

チョコレートは、この国でも流通しているのだが、とても珍しく超高級品だ。

辺境伯領の資産があれば買えないわけではないのだが、そもそも見かける機会がまずない。今後、チョコレートの流通を増やしてもらいたいところである。

「それで、何を……？」

「いろんな味のケーキ！」

エルが今作ろうとしているのは、前世で「オペラ」と呼ばれているケーキであった。チョコレートが艶々としていて、金箔で飾られた美しいケーキ。

本格的に作るとなると、アーモンドプードルを生地に使ったり、バタークリームとチョコレートガナッシュを何層にも重ねたりしないといけない。

スポンジ部分を美味しく作るのも難しく、エルの腕ではやる気になれなかったのだ。だが、ここにはこの世界の菓子作りに詳しいトルテがいる。彼の知恵と腕を借りればいい。

「チョコレート、使ったことある？」

「いや、初めてです……食べたことはありますが」

「だいじょーぶ、最初はエルが教える。あとは、トルテが研究する。美味しいケーキ期待してる」

期待の目で見られて、トルテは困ったように目を瞬かせた。

だが、気弱な表情をしていたのは一瞬のこと。すぐに専門家らしくてきぱきと動き始めた。

コーヒーシロップをしみ込ませたスポンジ部分は、トルテにお任せ。

ミルクモーのミルクからできたバターを使って、バタークリーム。チョコレートを溶かして作ったガナッシュクリーム。

スポンジケーキとバタークリーム、ガナッシュクリームを何層にも重ねる。

クリームの分量をどのぐらいにするのか、スポンジケーキの厚さはどのぐらいにすればいいか。何段重ねるのが最良か。それらを見極めるのは、トルテの腕の見せどころである。

最後にチョコレートを上からかけ、艶々とさせたら、金箔の代わりに飴細工で飾って完成。

「ここまで繊細な菓子は見たことがありません……」

「エルは、今まであったものをひとつにしただけよ?」

「ですが、ここまで贅沢にチョコレートを使うというのは今までありませんでした。手に入れるのは難しいから、たくさん使うのは無理でしょう」

平民だからという理由で、トルテを雇わなかった貴族達は後悔すればいい。能力は、身分に

かもいいもう少し減らしてもいいかも」

関係ないのだ。

「では、失礼して味見を……悪くないですが、ガナッシュクリームはもう少し減らしてもいいかも」

「そう？　美味しいよ？」

出来上がったケーキは、作ったトルテと案を出したエルでまず試食。残りは、ロドリゴとロザリア。両親に渡したら兄達にも。残った一切れは誰にあげよう。

「コーヒーシロップは、もう少し苦みが強い方がいいでしょうね。その方が、チョコレートの甘さが引きたちます」

「なるほど」

やはり、専門家の意見は一味違う。これだけで、トルテを雇ったかいがあったというものだ。

「任せてください、お嬢様。最高の品を完成させてみせますから」

「お願い。皆にも、感想を聞いてみてそれで改良してくれる？」

「かしこまりました」

こうして、エルは最高の菓子職人を手に入れたのだった。

◆◆◆

トルテの作ったケーキがお披露目になったのは、アルドとエミーの結婚式である。

どこまでも青い空は、今日の新郎新婦を祝福しているようだ。

神官に辺境伯の屋敷まで来てもらい、皆の前で永遠の愛を誓う。

白いウエディングドレスを着たエミーは最高に愛らしかったし、騎士団の礼服をまとったアルドはまあまあであった。

「まあまあってひどくないっすか、お嬢さん！」

素直にまあまあだと言ったら、アルドはふくれっ面になった。だって、今日までのエミーの苦労を考えたら、今日のアルドは「まあまあ」止まりでいいではないか。

「逃げなかっただけ偉い」

「逃げませんて！」

エルの言葉にアルドは顔を引きつらせたけれど、機会があったら逃げ出した可能性も大きかったのではないかとエルは睨んでいる。

「……まあ、素敵なケーキ！」

エミーが、感嘆の言葉をあげたのも当然だった。

王宮でも考えられないほど贅沢にチョコレートを使い、艶々と輝いている大きなケーキ。そこに、繊細な飴細工が飾られている。

琥珀色に輝く飴で作られたたくさんの花は、なんだかんだ言いつつ新郎新婦を祝福したいエルの気持ちの表れだ。

美しいチョコレートケーキを見たイレネは、そわそわしている。

「エルちゃん、あのケーキ食べられる?」

「あとでね！　イレネちゃんにも食べてほしいって思ったの」

トルテは頑張った。本当に頑張った。

スポンジケーキの配合、作り方を何度も見直し、きめ細やかでふわふわとしたスポンジを完成させた。そこに塗られるのは、甘さ控えめのコーヒーシロップ。

重ねられたバタークリームとガナッシュクリームとスポンジケーキ。本来のレシピからは外れてしまうかもしれないけれど、エルの発案でアプリコットジャムも塗ってみた。

結果、切り分けた時の断面がとても美しいケーキが出来上がった。

今のところ、この国のケーキはそこまで発展していないから、今回のオペラは、王国内の菓子事情に革命を起こすことは間違いない。

そのトルテの努力を宣伝したくて、イレネとリティカも招待したのである。ラースとリティカが顔を合わせる機会を増やしたいというおせっかい根性もちょっとあった。

立食形式で用意したパーティーだし、多少は人数が増減しても問題はない。さすがにハビエルは招待できなかったので、「新作の献上」として国王に届けるよう手配してある。

王宮の倉庫から大量にチョコレートを持ち出したのだから、お返しはきちんとしておかなくてはならない。

「お嬢さん……今日は本当にありがとうございました。トルテのとこにもあとで礼に行くっす」

「……アルド、言葉遣い！」

エルに礼を言いに来たアルドの耳を、エミーが引っ張った。かなりの勢いだから、あれは痛い。

「その前に、アルドとエミーさんはケーキを切らないと！」

最初の共同作業ケーキカットの再現である。

「慎重に切らないと、喧嘩になりそうっすね……」

とアルドが苦笑いしたのは、試作を食べた騎士達の間で「アルドの結婚式には美味いケーキが出るらしい」と噂になり、試作に間に合わなかった騎士達もウエディングケーキを狙っているからである。

「あとはベティが上手に切ってくれるって。最初のカットだけお願い」

リボンが巻かれたベティをふたりで握って、アルドとエミーがケーキにベティを差し込んだ。口々にあがるおめでとうの声。前世ならきっと、このタイミングでカメラのシャッターが切られていた。

「ベティ、あとはお願いね。同じ大きさに切ってくれる？」

包丁のベティは、こういう時大活躍である。ベティが切り分けたのだから、大きいだの小さいだの文句は言わせない。

ジェナとスズもパーティーに参加していたけれど、邪魔にならないようにエルの側を漂っている。

「あとでスズちゃん撫でさせてね」

「もちろん！」

スズを見たイレネは、スズのふわふわとした毛が忘れられなかったみたいだ。ケーキと同じぐらいスズを気にしている。

「美味しい！」

「お嬢さん、このケーキめっちゃ美味いっす！」

最初にケーキに口をつけた今日の主役カップルは、新作ケーキが気に入ったらしい。

「アルド！　言葉に気をつけてってさっきも言ったでしょ！」

エミーは、アルドの様子がちょっと気に入らなかったようだ。ピッとアルドの耳を引っ張り、アルドは慌てて「美味しい」と言いなおす。

「エル、これすごく美味い！」

ハロンがケーキの乗った皿を手にやってくる――かと思うと、彼はフォークに突き刺したケーキをエルの前に差し出した。

「エルも食べてみろよ。すごく美味い」

美味しいのは知っている。今日にいたるまでの間、トルテと何度も試食を繰り返したのだから。

「ほら、あーん」

「おいちっ！」

トルテの作るケーキは、どうしてこんなに美味しいのだろう。

「じゃあ、しょっぱいの」

「美味しい……」

ケーキを飲み込んだら、いつの間にか側に来たラースが塩味のクッキーをエルの口に放り込む。甘いのとしょっぱいの、交互に食べたら止まるはずないではないか。

「美味しい、美味しい……甘いのとしょっぱいの……交互に食べるの危険……」

「水分も取りましょうね」

しみじみとトルテの焼き菓子を味わっていたら、そっとメルリノによってお茶のカップが差し出される。

「エルちゃんは、お兄様達に愛されてるのね……」

そんな様子を見守っているイレネの目が、温かいものからちょっと呆れたものに変化したのはエルの気のせいだろうか。

「イレネ嬢も、いかがですか？」

すかさずメルリノが、イレネにもチョコレートケーキを勧めてくれる。

「メルリノ様、ありがとうございます」

すました顔で、イレネはケーキを受け取ったけれど、一口口内に入れた途端、目を大きく見開いた。

「……美味しいわ！　エルちゃん、とても美味しい！」

「イレネちゃんも気に入ってくれてよかった！」

こうして、ここ最近一番の心配事だった結婚式は、大成功のうちに終了。心配事が片付いて、エルもようやくほっとできた。

◆◆◆

ロドリゴが国王から頼まれていた仕事も無事に終わった。

何を頼まれていたのか、彼はエル達に話すことはなかったけれど、かなり大きな問題だったみたいだ。

「お父様、お疲れね？」

「今回は、ちょっとな……エル、こっちに来い」

「はーい」

王都の屋敷で仕事をしているロドリゴのところにお茶を持っていったら、膝に招かれた。そういえば最近忙しくしていたから、ロドリゴの膝に乗せてもらっていなかった。

騎士団員達は、エルを抱っこするのを好んでいる。アニマルセラピーの延長みたいなものだろうとエルも黙ってそれを受け入れてきた。

誰かに抱きしめてもらうのが、エルも心地よいと感じているというのも断らない理由だ。伯爵家で暮らしていた間、誰もエルを抱きしめてくれることはなかったから。

「エルは、今日はこれからどうするんだ？」

エルを膝に乗せたロドリゴは深いため息。どうやら、本当にお疲れらしい。

「もうお荷物は詰めたの。これから、殿下とイレネちゃんが遊びに来てくれる」

ロドリゴのお腹に背中を預けるようにして、膝に座る。彼の立派な腕がエルを抱きしめてくれるとホッとした。

「そっか、殿下とイレネ嬢か。寂しくなるな」

「でも、エル辺境伯領が好きよ？　また王都に来たらふたりに会えるもの」

ロドリゴの胸に後頭部をぐりぐりと押しつけるようにして甘えてみる。こうやってゆっくり過ごすのは久しぶりだ。

「もちろんだとも。また、王宮の食料保管庫にもお邪魔しないとな」

「ちょっとやりすぎたかな……？」

ごまかすようにエルが笑ったのは、大量にチョコレートを持ち出したからだった。

いくらなんでも持ち出しすぎかなとも思ったのだが、チョコレートが流通していないのだからしかたない。

「新作のケーキ、王妃陛下は大喜びだったそうだぞ。王宮は伝手があるから、チョコレートぐらい調達できるさ」

「それならよかった。エル、反省してた、ちょっとだけ」

「ちょっとだけか」

笑ったロドリゴに頭をぐりぐりと撫で回される。最初のうちは泣くぐらい痛かったけれど、これにもすっかり慣れてしまった。

「お仕事大変？」

「まーな、でも俺にしかできない仕事だ。やれるだけやってみるさ」

「そっか」

もぞもぞと膝の上で向きを変え、ロドリゴの頭を撫でてみる。

「おいおい、俺は子供じゃないぞ」

「子供じゃなくても撫でるのです」

もう一度ぎゅっと抱きしめられて、じわじわ幸せが込み上げてくる。

ロドリゴはしばらくエルを構ってから解放してくれた。これから、辺境伯領に戻る支度をしなければならない。彼は彼で忙しいのである。

「殿下、イレネちゃん！」

玄関の前で待っていたら、ハビエルの乗った王家の馬車と、イレネの乗った伯爵家の馬車が続いてやってきた。どちらにも護衛や付き添いの世話係が一緒に乗っている。

「お庭に出て遊びましょう」

「エル嬢、この間のケーキはとても美味しかった。母上も大喜びしていた」

「本当？　よかった！」

エルとしては積極的に近づきたい相手ではないが、王妃に喜んでもらえたのなら何よりだ。

「私もあのケーキ好き。いつでも食べられればいいのに」

イレネは、チョコレートがなかなか入手できないのが残念そう。

「そのうち、王都でも食べられるようになるんじゃないかな？」

レシピは、王家の菓子職人に提供してある。

トルテが丁寧にレシピを書いてくれたので、王宮の職人達もレシピを見ただけで作ることができたそうだ。

ロザリアや王妃が茶会の茶菓子として提供し、ある程度認知されたところで辺境伯家の新作レシピとして売り出していくのだという。エルも知らなかったけれど、評判になったレシピは立派な商品になるそうだ。

エルが王家に提供したチキン南蛮だのタルタルソースだののレシピも、王都の屋敷で買えるようになったらしい。

イレネとリティカの家には、レシピを渡すようにしてもらおうか。

ラースとの縁談が成立しなかったとしても、イレネを通じて今後もエルは親交を持つことになるだろう。リティカの家ともうまくやっていきたい。

このあたりはロドリゴに相談だ。勝手にレシピを渡すわけにはいかない。

「トルテにお菓子を用意してもらったから、お庭に行こう！」

エルが先頭に立って、おやつを用意してあるテーブルに向かう。

エルの友人が来るからという理由で、トルテは張りきってお菓子を用意してくれたし、料理人は軽食を用意してくれた。

テーブルの中央にあるのはもちろんオペラ。今日も飴細工が輝いている。

それから、サンドイッチや焼き菓子。食べすぎにならないよう、いずれもとても小さく作られている。

「エルちゃんが帰っちゃうと寂しいわ。辺境伯領は遠いんだもの」

「馬車にいっぱい乗らないといけないしね」

イレネが寂しさを口にすれば、エルはため息。

王都に来るのは楽しいけれど、道中だけは本当に憂鬱だ。だんだん楽にはなっているけれど、毎回お尻が痛くなってしまう。

「僕もそのうち行けるかな?」

「殿下が強くなったら、きっと。頑張って魔物を退治してるけど、危険はなくならないから」

辺境騎士団の努力があったとしても、魔物の出没をゼロにするのは不可能だ。王族であるハビエルが辺境伯領を訪問したいのであれば、せめて自分の身は自分で守れるようになってからだ。

「うんと大人になって、うんと強くならなくちゃ」

サンドイッチに、ハビエルが手を出した時だった。向こう側からものすごい勢いでジェナが飛んでくる。フライパンの上で踏ん張っているのはスズだった。

「あれ、ベティはどうしたの?」

ぱたぱたとジェナは身体を揺らすけれど、何が言いたいのかまったくわからない。精霊達が別行動を取るというのは珍しく、何かあったのではないかと不安になった。

「行ってみよう!」

最初にそう言い出したのは、ハビエルである。

ハビエルのその言葉に、ジェナはくるりと宙返りした。ハビエルの言葉が、正しかったみたいだ。

お茶のテーブルはそのままに、三人ともジェナについて走り始める。向こう側から、「やめろよ！」という声が聞こえてきた。

「……クレオ、どうしたの？」

ベティが飛び回っているのは、クレオの周囲であった。

クレオは手を振り回しているが、ベティは彼の進行方向を塞ごうとしているかのようにひらひらと飛び回っている。

エル達が駆けつけてくるのに気づいたクレオは、しまったというように顔をゆがめた。彼の手にあるのは大きな荷物。

いったい、どうしたというのだろう。

「……ちっ」

舌打ちしたクレオは、身を翻《ひるがえ》した。持っていた荷物で飛び回っているベティを地面にたたき落としたかと思うと、奥にある塀に飛びつく。

「――ぎゃっ！」

けれど、塀をよじ登ろうとするクレオの頭にスズが飛びついた。慌てたクレオは、手を滑らせて地面に落ちた。

「クレオ、何をして――」

再びエルが問いかけるも、クレオはまた身を翻して逃げ出そうとする。荷物だけはしっかり片手に持ったまま。

「ジェナ！」

横から飛び込んできたジェナにクレオの足が止まる。向きを変えた先には、ベティ。

さらに向きを変えて逃げ出す――再び塀の方へ。けれど、そこに素早く回り込んだのはハビエルだった。

「――止まれ！」

通せんぼするみたいに、両手を広げて立ったハビエルが叫ぶ。

そのとたん、クレオはぴたっと固まった。王族の命令に逆らうのはよくないというのはちゃんとわかっていたみたいでよかった。

「クレオ？」

エルは仁王立ちしてクレオを睨みつけた。アルドですら逃げ出そうとはしなかったのに。最初の頃は、やる気が旅立っていたけれど。

「クレオ、まさか脱走するつもり？　脱走はだめよ？」

「べ、別に脱走なんか……王都が懐かしかっただけで」

もごもごとクレオは口にした。

「王都が懐かしいってどういうこと？」

重ねて問えば、クレオは視線をそらす。悪いことをしているという自覚はあったらしい。

「だって、明日には辺境伯領に戻るだろ？　あっちには何もないし……ちょっと王都を見て回るぐらい……」

「お父様、出かけちゃだめって言わないでしょ？」

「時間が足りないんだ。ちょっとそこまで行ったら、もう帰らないといけない」

クレオは、今回王都から送られてきた騎士の中で一番若い。王都への往復に慣れるというのも訓練の一環で、王都に戻ってきたからと言っても自由に出かけることは許されない。

（一応、お休みの日もあったはずなんだけど……）

護衛で来ているとはいえ、辺境伯家はブラックではないのでちゃんと丸一日お休みになるよう調整はしている。その一日でクレオの行きたいところを全部回れないというのであれば気の毒ではあるが、騎士団に所属する者として脱走はいかがなものか。

「だいたい、辺境伯領の騎士なんてたいしたことな――」

口にしかけて、クレオはそこで口をつぐんでしまった。

辺境騎士団員の技量と、王都の騎士団員の技量の差は、クレオはよく知っているはずだ。だって、彼自身、身を持ってそれを経験しているのだから。

そこにエルからの冷たい目で、うろたえてしまったらしい。

「クレオ勘違いしてるでしょ！」

「勘違い……？」

「辺境は、甘い場所じゃないんだからね。だめな騎士を辺境にやるはずないでしょ。死ねって言ってるようなものじゃない」

「……でも、僕達から逃げられない段階で脱走なんて無理じゃない？」

ぼそっとハビエルにとどめをさされて、クレオはうなだれた。小さな子供達とフライパンに包丁、そしてぬいぐるみである。本当なら勝負にだってならない。

「でも、辺境伯領で鍛えたら、エル達なんて軽くかわせるようになるかもね」

以前、聞いたことがある。

失敗をしたとしても、見込みがあると思われた者だけが辺境に送られる。

王都を守る騎士団でも、王宮を守る騎士団でもそれは同じ。あとは、ロドリゴが受け入れてもいいと思った騎士だけを受け入れているそうだ。

本当にだめならば、別の場所に配属になる。いっそ事務方への転職とか。

けれど、クレオは辺境に来ることになった。ということは、クレオを辺境にやろうと決めた人は、クレオに期待しているのだろう。

「……別に、脱走するつもりじゃなかったと言ってるのに！」

残念なことに、期待されているとクレオは気づいていないみたいだ。だが、今のエルが彼に言ってやれるのは、こんなことぐらいしかない。

「エル嬢、あっちに戻ろう？　クレオもね」

ハビエルの言葉に、しぶしぶクレオはうなずく。

（あとで、クレオのことはお父様に話しておかなくちゃ）

クレオが何を抱え込んでいるのかエルにはわからないけれど、ロドリゴに話をしたら、悪いようにはしないだろう。そして、エルはロドリゴのことをとても信頼しているのだ。

第六章　魔族領に行きましょう

クレオの脱走未遂事件がありつつも、久しぶりに戻ってきた辺境伯領は、出発した時とまったく変わらずエル達を出迎えてくれた。

そして今日のエルはとっても暇である。

「お嬢様、何か作りますか？」

そう声をかけてくれた菓子職人のトルテは、新しい菓子の開発係と料理係を兼ねることになった。菓子の開発だけでは、申し訳ないという彼の申し出からだ。

料理を専門に習ったことはないらしいけれど、包丁の扱いには慣れているし、オーブンの扱いなんてお手のもの。

菓子の材料を加熱することもあるから、フライパンや鍋の扱いも問題ない。

厨房にひとり入るなら、料理当番となっていた騎士を別の仕事に回せるというわけで、騎士団としてもありがたい話なのだ。

「そうだ、食料保管庫に行こう！　トルテに食材を見せたいし」

食料保管庫には様々な食材が揃っている。王都で見かけない食材もたくさんある。

今日の昼食は、米を炊いて丼物にするか、それともパスタにするか。パスタだけだと騎士達には物足りないからガツンとした肉料理も用意した方がいいかもしれない。

先にトルテに、食材の説明をしよう。彼が辺境伯領に移住してもいいと決めてくれた理由には、豊富な食材もあるのだから。

なんて考えながら、食料保管庫に向かう。

「これは見たことない穀物ですねぇ。どうやって使うんですか？」

トルテが首をかしげているのは、米の入っている器をのぞき込んでいるからである。

「これ、お米。この間トルテも食べたでしょう？」

「ああ、あの白い……俺、あれ好きです」

「お米は美味しいよねぇ……」

「美味しいですねぇ。俺は、菓子に使うのも面白いかなと思ってますが」

今や王都では、トルテの名前は非常に広まっているそうだ。

辺境伯家の後ろ盾があったとはいえ、新しいケーキを考案した彼を雇わなかったと後悔している者も多いらしい。

後悔してももう遅い。

辺境伯領で雇ってしまったのだからトルテには頑張ってもらわなくては。

「それもいいかも。エルには、アイディアだけはいっぱいある！」

なんとなく覚えているレシピも、トルテに手伝ってもらえれば近いものは作れるような気がする。

「そういえば、そろそろネーネさんが来るんだよねえ」

「ネーネさん、ですか？」

「うん。行商の人。魔族領で作られている食材を持ってきてくれるの」

行商人のネーネは、頭の両脇に羊のような角を持っている魔族の女性だ。大きな荷馬車に食材を山のように積んで持ってくる。

見ただけでエルが感じ取れるほど巨大な魔力を持っているけれど、人当たりのいい女性である。

「俺、魔族には会ったことないんですよね……」

「お父様が言ってたよ。エル達と変わらないって。ちょっと角が生えてたり、しっぽがあったりするだけだって」

最初のうちはエルもびくびくしていたけれど、よく考えたらロドリゴの言う通り少し見た目が違うだけ。

前世のラノベや漫画でよく見かけたみたいに、魔族と人間の間に戦争が起こっているというわけでもない。基本的に関わらないようにしていると言った方が正解だろうか。

「ちょっと角が生えてるって、大事な気がするんですが」

わかる。エルも同じことを思っていた。

だが、何度か顔を合わせるうちに名前も教えてもらったし、彼女が持ってきてくれる食材には懐かしい和食に使えるものがたくさんあった。

となれば、エルとしては必要以上に恐れなくてもいい相手なのだ。

「ネーネさんが来てくれないと、うちの食卓貧しくなっちゃう」

「たしかに、すき焼きもうどんも美味かったですが」

「でしょー！　すき焼きもうどんも美味しいよねぇ」

新しいメンバーにトルテが加わったために、先日歓迎会が開かれた。

何にするかちょっと迷ったけれど、満場一致ですき焼きとなった。締めのうどんも皆がせっせとこねてくれた。

その横でエルはジェナにお願いして大量にフェザードランを唐揚げにし、蒸し野菜を作り……と大忙しだった。

トルテもすき焼きを気に入ってくれたから、辺境伯領で生活しても問題はなさそうだ。辺境伯領の食事になじめるかどうかは大きな問題なのである。

「……あれ、ジェナ。どうしたの」

窓から飛び込んできたジェナが、エルの肩をつんつんとつつく。ジェナの上には、ベティとスズが鎮座しているのもいつものこと。

ジェナに促されて窓の外に目をやれば、荷物を満載にした荷馬車がとまろうとしているところだった。

「おおお、噂をすればネーネさん！　トルテ、一緒に来て！」

エルはトルテの手を引き、裏口から外に出た。

「エル様、久しぶり！」

「ネーネさん、ネーネさん、久しぶり！　エル、ネーネさんに会いたかったよ！　今日は何を持ってきてくれたの？」

馬車をとめたネーネを見たトルテは、視線のやり場に困ってしまったようだった。ネーネの服装は、王都の女性と比較するとちょっと刺激が強い。

つるつるとした不思議な光沢のある布でできていて、身体の線がけっこうはっきり出てしまうのだ。騎士団の団員達は慣れているので、今さらなんとも思わないらしい。

「ええと、今日はねぇ……お米でしょ、お味噌でしょ、あとみりん。醤油もいるんだったわね？」

「いりゅ！」

「あと、これはロドリゴ様に……お酒。注文よりお砂糖はたくさん持ってきたわ」

「おおおおおっ！」

日本酒だ。

前世のエルはアルコールはまったく受けつけない体質だったので、飲んだことはないけれど、店にはたくさんの日本酒を揃えていた。

そういえば、前世では日本酒を使ったお菓子もあった。こちらの国でもワインをお菓子に使うこともあるから、トルテに相談してみよう。

「あら、そちらの方は？」

「トルテはねえ、うちの菓子職人！　おいちいお菓子つくりゅ！」

ネーネを前にすると、興奮してしまってつい舌ったらずになる。噛んでしまったことに赤面していたら、ネーネはかがんでエルと目の高さを合わせてきた。

「辺境伯領のお菓子が美味しいって噂は、私も聞いてるわよー」

「ネーネしゃんの住んでいるところまで届いた？」

まさか、そんなところまで噂が届くなんて。けれど、ネーネは首を横に振った。

「いいえ、王都に行った時にちょっと……ね。オペラ、だったかしら？」

「チョコレートのケーキ！」

「私も食べてみたいの。チョコレートを持ってきたら作ってくれる？」

「いいけど、ネーネしゃんチョコレート持ってこれる？　魔族領にチョコレートありゅ？」

「あるわよ！　山ほど持ってきたわ！」

魔族領では、何でも作っているらしい。チョコレートまで手に入るとは。

（もしかして、魔族領に行ったら、もっとチョコレート買える……？）

チョコレートを使ったお菓子はいろいろと記憶にある。ガトーショコラに、ブラウニー、それに生チョコとかトリュフ。完璧なレシピは覚えていないけれど、ここにはトルテがいる。材料さえ入手すれば、トルテがどうにかしてくれる。

「トルテ、オペラ作ってくれる？」

「かしこまりました。ネーネさんは、昼食は召し上がりますか？」

「ご馳走してくれるなら喜んで！」

ネーネが食事をしていくのなら、今日は米を使ったものにしようか。と、ここで今日のメニューが決まる。

辺境騎士団では、米をどんな風に食べているのかきっとネーネも知りたいだろうし。

「トルテ、今日は他人丼にしよう！」

「他人丼？」

「うん。鶏のお肉と卵を使ったら親子丼だけど、うちだとフェザードランのお肉を使うから親子じゃないの」

前世では親子丼を作ることが多かったけれど、鶏肉が苦手なお客さんのために豚肉を使ったこともあった。フェザードランの肉は、高級な鶏肉のような味がするから違和感はないはずだ。

「野菜はどうします？」

「うーん、スープにたくさん野菜を入れよう。味噌スープ」

騎士団員達は基本的には肉があればいいようだ。

サラダなどはひとり一皿強制的に出さないと食べてくれない人も多い。スープに入れてしまえば文句を言わずに食べてくれるので、昼食時はスープにいろいろな野菜を入れることも多い。

厨房に戻り、調理開始。出汁を取って、フェザードランの肉と玉ねぎを煮る。その間にジャガイモやニンジン、ゴボウやダイコンといった根菜を中心にしたスープを作る。味つけは味噌だ。

昼食の時間になると、騎士達が次々に食堂にやってきた。

「お、ネーネ来てたのか！」

「エル様の欲しい食材は揃えられたか？」

「もちろん、エル様の欲しいものは優先的に持ってくるようにってロドリゴ様に厳命されているもの」

ネーネはエルより前からここに来ているので、騎士達ともすっかり顔なじみだ。騎士達の間に交ざって、昼食を食べ始めた。

「お肉と野菜を出汁で煮て、卵でとじたのね。美味しいわ！」

「でしょー！」

エルはネーネの隣の席に座り、騎士達ともワイワイやりながら昼食を取る。

最初の騎士達が食事を終えて席を立ち、入れ替わった騎士達が新たにテーブルについた頃、領地の見回りに行っていたロドリゴも戻ってきて、昼食に加わった。

「ロドリゴ様、あとでお話……」

「おう。執務室でな」

ロドリゴとネーネの間では、事前に約束があったのだろうか。

他人丼と具だくさんのスープで昼食を終えると、ネーネはロドリゴの執務室に消えていった。

今日は、ロドリゴと何やら話をしなければいけないことがあったらしい。

ロドリゴとの話を終えたネーネは、すぐに魔族領に戻っていった。

ロドリゴとネーネの間で何があったのか気にはなっていたけれど聞かないでいたら、その日の夕方になってロドリゴから発表があった。

「魔族領に行くことになった。俺達は何度も行ってるが、エルは初めてだな」

「え、お父様魔族領に行ったことあるの？」

それは初耳だった。てっきり、ネーネが辺境伯領に行商に来るだけだと思い込んでいた。

「俺達、三人とも行ったことあるぞ」

ラースの言葉にまたびっくり。

というか、ラースもメルリノもハロンも行ったことがあるのか。そんな話、聞いたこともなかった。

「話してなかったか？　俺達が行くようになったのは、魔物討伐であっちの方に迷い込んだのなかった。

「その時味噌を知って、食事情が改善したんですよねぇ」

メルリノは改善したなんて言ってるけれど、エルが来る前の騎士団の料理はあまりおいしくが最初のきっかけ」

味噌や醤油なんて、焼いた肉につける以外の使い方をしていなかった。もったいない。

「珍しい食材もいっぱいあるだろ？　こっちからは魔物の素材を渡すこともあるし」

魔族領と辺境伯領では、出現する魔物の種類に少し違いがあるらしい。そんなわけで、ネーネは王国通貨の他に魔物素材でも取引しているのだそうだ。

「な、魔族と接点があるなんて！　王家に対する裏切りだ！」

正義感溢れる表情で叫んだのは、新入りのクレオである。だが、魔族との接触に不快な顔をしているのはクレオだけだ。

「お前、差別主義者だったの？　魔族と俺達は別に争ってるわけじゃないだろ」

ラースの顔には、呆れた色が浮かんでいた。クレオはぐっと唸ってしまう。

「だいたい、ネーネさんの方が僕達より強いですしねぇ……」

「ラス兄さん。本気のネーネとうちの騎士団が戦ったら、最後に勝つのはどっち？」

メルリノはため息をつき、ハロンは禁断の質問を投げかけた。

「頑張れば俺達が勝つと思うけど、それまでに半分はやられるだろうな。ネーネひとりで、だぞ」

　その返事に、エルは目を剥いた。魔物が出る土地を、ひとりでここまで来られるのだから強いだろうとは思っていたけれど、そこまで強かったのか。

「もう行くのは決定だからな。支度しておけよ」

　強引に話をまとめたロドリゴは、魔族領に行くのにまったく不安を覚えていないらしい。何度も行っているようだから今さらか。

「エルも行ってもいいですか！」

「ネーネもそのつもりらしいぞ」

　やった、とエルは手を叩いて喜んだ。

　魔族領には、きっとエルの見たことのない食材が山のようにあるに違いない。もしかしたら、豆腐もあるのではないだろうか。

「クレオ、お前も行くんだぞ」

「え？」

　騎士団長直々の命令なのに、クレオは信じられないとでも言いたいような声をあげた。エルはそっと手を上げる。

「ですが、僕が行く理由なんて……」

「お前の欠点は視野が狭いところだ。魔族領でいろいろ見せてやる。楽しみにしてろ」

「辺境伯様、何で僕が……」

当然のようにロドリゴに言われ、クレオは絶望したような顔になった。


翌朝。

支度を整えたエルは、荷物を持って屋敷の前に出た。行くのはロドリゴに三兄弟とエル、そしてクレオである。

「魔族領に行くのは久しぶりだなー」

「エルが来てからは行ってなかったですからね」

と、話しているラースとメルリノの横でハロンはエルの荷物を確認していた。

「精霊達はどうした？」

「ジェナとベティは、ラスにぃにの鞄の中。スズはここ」

ジェナとベティは、ラースが「ジェナとベティ専用」と決めた鞄の中に入っている。人前に出る時には、いつもそうしているのだ。スズはエルの鞄にしがみついている。

「おし、忘れ物はなさそうだ」

と、ハロンに頭を撫でられてエルは満面の笑みを浮かべた。だが、それも、クレオに目をやるとしかめっ面になってしまう。

一応荷物を持って出ては来たものの、クレオはこの世の終わりのような顔をしていた。

「信じられない……辺境伯家が王家を裏切ってる……王都に報告しなくちゃ……」

「あ、報告するだけ無駄だぞ。陛下も知ってるからな」

「うわあ！」

ぶつぶつ言っているのを、誰にも聞かれていないと思っていたらしい。ロドリゴに声をかけられたクレオは跳び上がっている。

「お父様、馬車はあるけど馬はいないよ？」

「ああ、今回はいいんだ。ネーネがうまくやってくれる」

「ふーん」

皆の前に用意されているのは、八人乗れる大きな馬車。けれど、馬は繋がれていない。

もしかして、魔族領の力が強い馬をネーネが連れてくるのだろうか。

「ロドリゴ様、坊ちゃん達、エル様。準備できた？　そこのちっちゃい子も」

昨日魔族領に戻ったネーネは、今日も元気にやってきた。魔族領は意外に近いのだろうか。

クレオに向ける彼女の目は、まるでエルを見る時のようだ。完璧に子供扱いである。

「ちっちゃいって言うな！」

ネーネには鋭い声音で反論したものの、クレオはふくれっ面を隠せずにいる。王家の人も知っているとロドリゴが言ったのだから、そろそろ諦めればいいのに。

「ネーネさん、でも馬いないよ？」

「ちょっと距離があるからねー。馬はあっちに待たせてあるの」

あっちってどこだ。というか、馬がいなければ馬車は動かないだろうに。

けれど、エルの疑問をよそに辺境伯家の面々はさっさと馬車に乗り込んでいた。

「ほら、こっちに来い」

馬車の中からロドリゴが手を出してくれて、エルはおとなしく彼に抱き上げてもらう。しぶしぶとクレオが最後に入ってきて、馬車の扉が閉じられた。

「じゃあ行きましょ！　馬車の扉は開けちゃだめよぉ」

御者台にネーネが座ったかと思ったら、馬車がぐらりと揺れた。

「わわわ！」

もしかして、ネーネの魔力で馬車を動かしているのだろうか。ネーネの魔力は人間よりかなり強いと噂には聞いている。

「わー！」

けれど、次の瞬間には馬車が大きく揺らいで飛び上がった。クレオの悲鳴が響く。

「飛んだ！　飛んでる！」

「落ち着けって。ネーネは俺達を落とすようなへまはやらんから」

と、ロドリゴがなだめたけれど、すぐにラースがそれを台無しにした。

「ドラゴンが出てきたらわからないけどな」

「ラ、ラース様、なんてことを！」

馬車の端で小さくなっているクレオはもう涙目である。ラースはけらけらと笑うと、クレオの腕を叩いた。

「そう脅えるなって。大丈夫、ドラゴンが出てきても俺がやっつけてやるから！」

「やっぱりドラゴンが出るんだ！」

震えるクレオとは対照的に、エルは今の状況をとても楽しんでいた。窓に張りつくようにして、外の景色を眺めている。

見慣れた景色も、上から見下ろせば、こんなにも違って見えるのだとびっくりした。

「……エルお嬢様は、怖くないんですか」

問いかけるクレオの声が震えている。いつもみたいにつっかかるような口調ではなかった。

「怖くないよ。お父様が一緒だもの」

もし、ドラゴンが本当に出たとしても父や兄がいれば大丈夫。それに、エル本人は力になれないけれど、ジェナもベティもいてくれる。

「スズは？」というように、エルの膝に座ったスズが身体を震わせたけれど、スズは、無理はしなくていいと思う。

「それに、にぃに達もいるし。ネーネさんもいるし」

「……信じられない、魔族を信用するなんて」

「あのね、クレオ。魔族の人だって人間と一緒よ？　いい人も悪い人もいると思うの。前のお父さんなんて、エルを殺そうとしたんだからね」

血の繋がりで言えば、エルとロドリゴは赤の他人だ。だが、エルをこの世に生み出しただけの人より、ロドリゴの方にずっと強い愛情を抱いている。

今のエルがあるのは辺境伯家の人達がエルを愛してくれたからだ。

エルの元の父親について話を聞いたことがあったらしく、クレオは唇を引き結んだ。

エルはもうあの人のことは気にしていないので、クレオも気にしなくていい。

「無理にわかり合う必要もないんだぞ。ただ、いらないところで相手を敵視するなと俺は言いたいだけだ」

「わかり合わなくてもいいんですか？」

ロドリゴの言葉に、クレオは驚いたみたいだった。目を丸くしている。

「そりゃそうだろ。馬が合う合わないは誰にだってある」

ロドリゴは簡単な言葉でまとめてしまったけれど、本質はそこではないような気がする。

「あー、俺も王宮の騎士にいるもんな。何考えてるのかまったく理解できないやつ」

「ラス兄さんも？　俺も！　別に無理して理解しなくてもいいよね。喧嘩にならなければ」

ラースとハロンにも気が合わないという相手はいるらしい。そして意外とハロンは大人である。

「……何回見ても不思議です。ネーネの膨大な魔力だけでどうにかしているわけでもなさそうなんですよね」

メルリノは、窓の外に目を向けている。ネーネの魔力の流れを見て、術式を解読しようとしている。

魔族の使う魔術と人間の使う魔術の間に違いがあるのかどうかエルにはわからないけれど、こうやって努力しているメルリノの表情を見るのは好きだ。エルはロドリゴに寄りかかり、空の旅を楽しむことにした。

一度休憩を入れただけであとは休まず半日ほど飛び続け、ネーネは馬車を地面に下ろした。

「ネーネさん、ここまで馬で来るとどのぐらいかかるの？」

地面についたとたん、窓から顔を出してエルは問う。外の景色を流れる速度を見ていたら、けっこうなスピードで飛んでいるのではないかと思ったのだ。

「どうだろ……三日ぐらいかしら？」

「ネーネさんが辺境伯領に来る時は馬を繋いでるよね？」

「辺境伯領の最寄りの村まではこうやって飛ぶわよ？　そこで馬を借りて辺境伯領に入るの。すれ違った人がびっくりすると大変だから」

魔族領の中にも村はいくつかあって、辺境伯領に一番近い村で馬を借りてくるのだそうだ。

たしかに馬車が飛んでいるのを見たらびっくりする人は多そうだ。

「あれ？　魔族じゃない人がいる」

視線を巡らせれば、明らかに魔族ではない人がいる。エルの疑問に答えたのはロドリゴだった。

「昔は魔族領に追放するという刑があってな。その子孫がここで暮らしているそうだ。あと、今でもまれに追放されるやつはいる」

「悪い人？」

追放されるぐらいだから、かなりの犯罪者ではないだろうか。そんな人をここにいさせて問題ないのだろうか。

「ちゃんと共同生活を送れる人だけよ？　送れない人には出ていってもらうの。追い出される人はめったにいないけどね」

何でもないようにネーネは言うけれど、こんなところでひとり外に放り出されたら生きていく自信はない。

（……なるほど）

共同生活を送る上でなじめないだけならともかく、他者に危害を加える人は出ていってもらうということか。

「エル様、エル様が見たいのは食材でしょう？」

「おおお、おおおおおおおおおおっ！」

　最初に案内された倉庫には、たくさんの食材が並んでいた。

　目の前に並べられているのは味噌や醤油といった和食の素材だけではない。チョコレートの原料となるカカオもあった。

「ネーネしゃん、ネーネしゃん！　王都のチョコレートってまさか魔族領からの輸入品……？」

「いいえ、王都には他の国経由で伝わっているはずよ」

　この大陸には、この国の他にいくつもの国がある。その中には、カカオが産出される国もあるし、他の大陸からカカオを輸入している国もあるのだとか。

　魔族領では、南端の地域でカカオを栽培できるらしく、辺境伯領に届けてくれたのはそのカカオで作ったチョコレートなのだという。

（魔族領以外からも、入手できるようになるといいよねえ）

　ネーネの持ってきてくれる食材にチョコレートまで加わるとなると、ネーネの負担が大きくなってしまう。お菓子よりも食事が優先だ。

　そして、ネーネはエルを次の倉庫に案内してくれる。そこには入手が難しい香辛料がずらりと並んでいた。

（ターメリック、ウコン……それに、唐辛子、こっちはシナモン、クローブ、かな。胡椒も何種類もある！）

前世で見たのと同じような香辛料。魔族領が食に関しては、こんなに豊かだなんて想像もしていなかった。

香辛料も流通はしているのだが、こんなにたくさん揃っているところを見るのは初めてだ。それに、見たことのない香辛料もある。たぶん、この世界独自のものだ。

「ネーネさん、この香辛料はどう使う？」

「どうって……肉の臭みを消したり、香りを加えたり。スープにも使うし、サラダにかけるのもあり。少し甘い香りがいいのよね」

「なるほど……」

世界は広いから、探せば似たような料理はどこかにあるかもしれない。でも、魔族領では、これだけ香辛料があっても、「カレー」としての使い方はしていないようだ。

「どうしたの？　気になる？」

「うん。エル、これほちい！　ほちい！」

エルが指さしたのは、香辛料の並んでいる棚。

ネーネの商品を見ると噛んでしまうのはもう諦めた。だって、こちらの世界ではまず手に入らないだろうと思っていた食材が次から次へと出てくるのだ。

「ロドリゴ様、エル様が香辛料欲しいって」

「おー、好きなだけ買え。ここで買う分には、辺境伯領まで持ってきてもらうより安いからな！」

　好きなだけ買えと言われると、どの香辛料をどれだけ買えばいいのか迷ってしまう。

（……カレー、食べたいな）

　前世では、スパイスから作るカレーも店で出していたことがある。香りが強いので、その日の営業はカレーのみという特別な日だ。

　年に何度かイベントとしてやっていたけれど、渋い店構えのわりにカレーが出るとお客さん達は面白がって来てくれた。カレーの日をやってくれとリクエストされることもあったから、美味しくできていたはず。

「ネーネさん、エルがカレーをご馳走する！　ご飯炊こう！」

「カレー？」

「辛い！　おいちい！　エル作りゅ！　クレオ、手伝って！」

　カレーという耳なじみのない言葉に、ネーネだけではなく皆、きょとんとしている。

　こんなにたくさんの香辛料があるのだ。一度はカレーを食べておきたい。助手に指名したのはクレオだ。

　エルがクレオを指名したのには、理由がある。

　クレオは今回見聞を広めるためとエルの護衛のために来ている。エルの側を離れるわけにはいかないのだから、手伝ってもらわなければ。

本気で護衛が必要なら、ロドリゴ自身でエルを連れて歩くだろう。今回魔族領に来ている面々の中で一番強いのはロドリゴだ。

彼がエルに「離れるな」と言わないのは、この村の中にいる限りは安全ということだ。

「何で僕が……」

不満顔のクレオの後頭部がぺちんと叩かれた。クレオは、いっつも文句ばかりだ。

辺境伯領送りになった騎士がこうなのは珍しくないと兄達は思っているみたいだけれど、ここまで文句ばかりの人は初めて見た。

ジェナは、エルの気持ちを汲んで先に動いてくれたらしい。

「いってぇ……！　って、フライパン！」

「フライパンじゃない、ジェナ！」

どうやらジェナからクレオに教育的指導が入ったようだ。「何で僕が」ともう一度口の中で繰り返したけれど、クレオはおとなしくエルの指示に従って歩き始めた。

魔族領の調理場で土鍋を借りる。土鍋でご飯を炊くのもお手のものだ。

「はい、これ切って」

クレオに手渡したのは、ジャガイモ、ニンジン、玉ねぎといった基本の素材である。ぶぅぶぅ言いながらも、クレオは不器用な手つきで野菜の皮を剥き始めた。

辺境騎士団では皆料理当番をしているはずなのに、クレオの手つきはぎこちない。包丁を握り慣れていないのが丸わかりだ。

「クレオ、包丁上手じゃないね。ベティ貸してあげようか？」

以前、イレネやリティカにもベティを貸してあげたことがある。

ベティを握っていれば、手を切ってしまうことはない。ベティがちゃーんと注意を払ってくれるからだ。

「大丈夫……です」

ぶっきらぼうな口調で言うと、クレオは目の前のジャガイモに戻る。皮が厚くならないよう、ゆっくり丁寧に剥いているから、これ以上は何も言うまい。

「俺も手伝う。メルリノもハロンも手を貸せ」

「にぃに達も手伝ってくれるの？　それなら、お肉を切ってくれる？　こっちのお野菜も」

エルが取り出したのは、フェザードランの肉。頭に浮かんでいるのはチキンカレーだ。

ラースの号令で、兄達も野菜や肉の下ごしらえに回ってくれる。これなら、エルはスパイスの準備をしても問題なさそうだ。

エルは必要な香辛料を揃えて、すりつぶし始めた。刺激的な香りが立ち上る。

「んー……美味しいカレーになりますように」

「エル、何やってるのさ。そんなに香辛料をたくさん……贅沢じゃないか？」

横で肉を切りながら、ハロンが好奇心でいっぱいの目を向けてきた。彼にとっては、目の前でスパイスの調合をされるのは珍しい光景だろう。

「贅沢なのは知ってるけど、食べたいんだもん」

ゴリゴリ。意外と力が必要だ。

最初に玉ねぎを炒めるのだが、それは野菜を切り終えたクレオにお任せした。

「何で僕がこんなことを……」

「お料理当番は、辺境騎士団に来たらお約束。クレオは、包丁の練習が必要」

エルに睨まれて、クレオは首をすくめた。

さぼっていた自覚はあるらしい。

飴色玉ねぎができるまで、クレオには頑張って炒め続けてもらう。

クレオがさぼっている分は、ジェナが自分で身体を揺すったり、火加減を調節したりしてくれるから、失敗はしないはずだ。

その横で、メルリノとハロンも加わった。フライパンを借りてせっせと飴色玉ねぎを作る。

飴色玉ねぎができたら、ショウガとニンニクを追加。いい香りが加わった。

「そろそろ疲れてきたんだけど」

「頑張れ。美味しいものは、頑張らないと食べられない」

何でこんなと面白くなさそうな顔をしつつ、メルリノとハロンに睨まれながら、クレオはジェナをかき回し続ける。ずっと熱いフライパンの側にいるので、額に汗がにじみ始めた。

「いつまでこれを続ければ……」

「ふふん、まだまだ。料理は気合と根性だ、頑張れ！」

何しろ、この魔族領で暮らしている人達にふるまう分もあるので、かなりの量になる。

フライパンに刻んだトマトを投入。つぶしながら混ぜてもらう。

「さーて、次はこれだ！」

三つのフライパンに、順番に香辛料と塩を入れていく。これで第一弾は完成だ。

「もう終わりだよな」

「何言ってるの？　もう一度お願いね」

もう一度三つのフライパンをフル稼働させて、同じ作業を繰り返す。これでようやくカレーのもとが出来上がった。

焼き目をつけたフェザードランの肉、炒めた野菜と一緒に大鍋に。そして、水を加えてことことと煮る。

「……すごく刺激的な香りがするな」

「でしょー！　すっごく美味しいんだから」

香辛料の調合を変更したり、中に入れる具を変えたりすれば、また別の楽しみ方もある。エルにとっても、楽しみだ。

「……美味しそうな香りがするわね。エル様が作ったの？」

「切って炒めて煮込んだのはクレオだよ。エルは、作り方を教えただけ」

「まあ、ありがとう。クレオ様」

ロドリゴと戻ってきたネーネは、カレーの香りに鼻をひくひくとさせている。ロドリゴも、食欲と好奇心をそそられたようだった。

「ご飯炊けた！」

炊き上がったご飯に、カレーをかけてテーブルへ。大きなスプーンを添えると、ネーネは目を見張った。

「食べてみて！　エル特製カレーライス！」

「……いただきます！　わあ、美味しい。皆の分もあるかしら？」

「あるよぉ！　いっぱい食べて！」

ネーネの言葉に、たくさんの魔族が集まってくる。皆、スパイスの香ばしい香りに惹きつけられているようだった。

「スープに使ったり、ソースに使ったりということはしていたけれど、これだけいろいろ一度に組み合わせてご飯にかけるというのはしたことなかったわ。エル様にあとでレシピ貰おう」

「こっちじゃ香辛料は貴重品だからなー。ここまで贅沢に使うというのは王宮でもないだろうな」

ネーネとロドリゴが話している横で、クレオはしかめっ面でご飯とルーをすくったスプーンを睨みつけている。辛みの強いものは苦手だっただろうか。

「クレオ、辛いの食べられない？」

「……そんなことないです」

エルに問われて、慌ててクレオはスプーンを口に差し入れた。目を丸くして、それからぱちぱちとさせる。

「うまっ」

小さな声だったけれど、エルはそれを聞き逃さなかった。口内に広がる豊かな香りと、追いかけてくる辛み。ご飯にもばっちり合う。

「美味いなー、辺境伯領でも作れるか？」

「僕も美味しいと思います！　ミルクモーの肉でもいけるんじゃないでしょうか」

「俺も俺も！　俺も美味いと思う！」

最初にラースが感想を述べ、メルリノはすかさず他の食材をあげてくる。牛肉でも豚肉でもカレーは美味しい。さすがである。

ハロンも素直に美味しいと誉めてくれて、エルの頭を撫でてきた。

「さすがエル！　最高に美味しい！」

「にぃに達が美味しいって言ってくれたら、エルも嬉しい！」

兄達がこれだけ気に入っているのだ。辺境伯領に香辛料を持って帰って、騎士団の皆にもカレーをふるまいたい。

「お父様、エル、香辛料いっぱいほちぃ！」

「そうだな。『ほちい』なら買わないとな。たくさん買って帰ろうな」

「いっぱい！　たくさんよ！」

頭をぐしぐしとかき回されて、エルはきゃあきゃあと笑った。

「あ、クレオは料理の練習が必要ね！」

「……え？」

「包丁の使い方がへたっぴだもん。ベティと特訓！」

「……何で、僕が」

「辺境騎士団にいたら、料理当番は必須。さぼるのはだめ。帰ったら、頑張ろうね。エル、包丁の使い方教えてあげる」

「何で、僕が」

同じ言葉を繰り返したけれど、クレオはそれ以上反論しようとはしなかった。

その夜は、村長の屋敷に泊めてもらうことになった。毎回、辺境伯家の面々が魔族領を訪れる時は、村長の屋敷に宿泊するそうだ。

村長の屋敷はこの村では一番大きな建物で、客を宿泊させるための部屋が三つ、それと村長家族が暮らしている部屋がふたつ。

あとは食堂兼応接間兼居間として使われている大きな部屋がひとつ。

魔族とはいっても、生活様式が人間と大きく違うというわけではない。家具も食器も、エル達が普段使っているものと大差なかった。

オーブンから運ばれてきたのは、フェザードランの肉と野菜をオーブン焼きにしたもの。塩胡椒の他に様々な香辛料を効かせてある。

それに、具がたっぷり入ったミネストローネのようなスープ。チーズの盛り合わせ。ミルクモーの肉を串焼きにしたものに、パッと見た感じエビフライのようなフライ。たぶん、魔物の肉だろう。

野菜も蒸してソースをからめたものが大量にテーブルに出されている。

(……ふむ)

並べられた食事を見て、エルは思った。

もしかして、食に関しては魔族領の方が上かもしれない。

便宜上エビフライと呼んだそれをエルはぱくりと口にした。

「……美味しいい!」

さくっとした衣の食感に、ぷりぷりという歯ごたえ。間違いなくエビフライだ。塩気もちょうどいいし、揚げたてのフライはそれだけでご馳走だ。

「あちゅ、おいちっ、おいちっ！」

興奮すると舌が絡まる。エルのその様子を見て、一緒の食卓についていたネーネが笑った。

気に入ったのがちゃんと伝わっているみたいだ。

「エル様、気に入った？　じゃあ、これは？」

「たりゅたりゅしょーす！」

噛んでしまったが、目の前に差し出されたのは、タルタルソースである。遠慮なく貰って、フライに乗せて一緒に口に運ぶ。

「んんんんっ」

シンプルなエビフライも悪くないけれど、タルタルソースをつけると、また味わいが変わる。美味しい、美味しいと遠慮なく口に運んでいるエルの様子に、村長もほっとした様子だった。

「これはね、クリスタルシュリンプ。海の中でキラキラ輝いてるの」

ネーネの説明によると、このエビの魔物は、海中で日差しを受けた水晶のようにキラキラと輝いているそうだ。なかなか凶暴な魔物で、その光で獲物を集めているらしい。

一本食べ終え、満足したエルはナプキンで口を拭う。次はフェザードランと野菜のオーブン焼きにしようか、それともミルクモーの串焼きにしようか。

「村長さん、魔族領の魔族、王様はいないの？」

次に何を食べようかと考えながら、エルは村長に向かって問いかけた。以前から気にはなっていたのだ。行商に来るのはネーネだけだし、ネーネが全部決めてしまっている。もっと偉い人の話は聞かなくてもいいのだろうか。

「俺達は魔族領とまとめて呼んでるが、ばらばらに住んでいて、全体を統括する長はいないんだったな？」

「ですなあ。辺境伯様のおっしゃるように、我々はあまり大勢で共に暮らすことを望みませんので。この村や人に近い地域で暮らしているのは、人間との交流にさほど抵抗がない者ですな」

ロドリゴにのんびりとした口調で返した村長は、人間でいうならば六十代ぐらいだろうか。その隣には夫人もいるがふたりとも穏やかな表情がよく似ている。

魔族は気の合う者同士、この村程度の人数に別れて暮らしており、それぞれの集団の代表はいるが、集団を束ねる王のようなものは存在しないそうだ。何か問題が発生した時は、代表が集まって会議を行い、それで問題を解決するらしい。

「村長さん、人間との交流に抵抗ある魔族の人もいるの？」

「そういう者は、人間との領地の境からもっと離れた奥の方におります」

「人間の領地をせんりょーしようって思ったことはないの？」

次々にエルが問いを重ねても、村長は嫌な顔はしない。

ひとりで馬車をここまで運んできたネーネを見ても、目の前の村長も、夫人も皆、すごい魔力の持ち主だ。

魔力に敏感な性質のエルは、今もびりびりとすごい魔力を感じ取っている。ならば、人間が暮らしている場所を奪いたくはならないのだろうか。

「占領しても人間の土地に使い道はありません。今だって余っている土地がたくさんあるんですよ」

「……そうなんだ？」

そういえば、前世の創作物では魔族と人間はしばしば敵対していたけれど、その敵対の理由って何だっただろうか。

たしかに、占領しても使い道はないかもしれない。共に暮らすことを好まない者が多いのなら、人口の増加で食材が足りなくなるということもないだろうし。

「魔族は人間を殺して肉を食うって聞きましたけど」

「クレオ見てみろ、ここに人間の肉が並んでいるか？」

思わずと言った様子で口にしたクレオに、ロドリゴは嘆息交じりに告げた。口を滑らせたクレオは手で口を覆っているが、出てしまった言葉は取り消せない。

「そう言っているお方もいるとは聞いていますな」

だが、村長は、クレオの発言に気を悪くした様子もない。鷹揚な笑みを浮かべて、手を振っただけ。

「魔族は強い。やる気になれば、数人で我が国も占領できるだろう。だが、やらないんだよ」

「私達、面倒なことはしない……どうせ人間、すぐ死ぬ……」

ネーネはぼそりと物騒な言葉を口にするが、魔族は五百年ぐらい生きるのも珍しくないそうだ。失言に赤面したクレオは、おとなしく口を閉じた。

「魔族の方が強いしな。それに、俺は今回陛下の命令でこっちに来てるんだよ。お前聞いてなかったか？」

「お父様、エルも聞いてない」

「おや、そうだったか」

ネーネの招待で魔族領に行くとしか聞いていない。半眼で見やれば、ロドリゴは説明してくれた。

彼の説明によれば、以前から魔族領にある村の中でも人間に友好的な——それ以外は無関心——この村との間に、貿易契約を結びたいという国王の意向があったそうだ。

もともと辺境伯領ではネーネを仲介として魔族領と取引していたけれど、それをもっと大々的にやりたいらしい。

（……それって、ちょっとエルのせいもあるかな……？）

エルが作る珍しい料理は、魔族領から入ってくる食材や調味料頼りのところもある。醤油や味噌が手に入らなかったら、エルの作れる料理の種類はうんと少なくなってしまう。

「でも、お父様、辺境伯領は前から魔族とお取引してる。それじゃだめなの？」

「エルは賢いなー。辺境伯領まで来てくれる商人も少ないだろ？　だから、前からネーネと取引してたんだよ。見つかるといろいろうるさく言うやつもいるから公にはしてなかったけどな。陛下は、友好的な村と正式に通商条約を結びたいらしい」

以前から魔族と辺境伯家の間では、こっそりひっそり取引が行われていた。

辺境伯領まで来てくれる商人は少なく、砂糖や塩胡椒といった調味料は、王都で大半が消費されてしまう。辺境騎士団の団員が、王都と往復する時に多少は運ぶこともできるが、騎士団の分だけならばともかく、領民全員の分までは無理だ。

そのため行商人に頼ることになるのだが、辺境伯領まで荷物を運ぶには、魔物を警戒しなくてはならないから、強い護衛を雇わなくてはならない。

結果、価格もかなり上がってしまうということで、苦肉の策として始まったのがきっかけだったようだ。

魔族領でも、魔族領に追放された人間が生活していて、王国で使われている貨幣が必要になることもあるため、代々ひとりかふたり選ばれた商人が辺境伯領まで行商に来ていたらしい。

（……この村にも普通の人がいたもんね）

食事の前に村の中を案内してもらったけれど、この村では人間と魔族が共同生活を送っている。

畑を作ったり、収穫した作物を加工したりという仕事は主に人間が担当し、魔物を狩ってくるのとその解体は魔族が行っているそうだ。これは、魔族と人間の間の体力差によって自然にできた分業形態だという。

どうも魔族は狩りはともかく農業や食材の加工はあまり得意ではないようで、お互いに足りないところを補う理想的な形らしい。

この村で作られた味噌や醤油が、辺境伯領まで運ばれてくるわけだ。

「エル様、海に行ったことはある？」

「行ったことないな。広くて大きいんだよね」

食事をしながら、ネーネが問いかけてくる。

前世では海水浴に行ったこともあるけれど、今回の人生では行ったことはない。辺境伯領は海から遠いし、行きたいと願う理由もなかった。

「行ってみるか？　話がまとまるまで、数日はこっちにいないとだからな」

とロドリゴ。

海か。海があるなら、海水から塩を作ることができる。そして、その過程でアレも確保できるではないか。

「海、行きたい！　エル、海、見たい！」

「じゃあ、明日、行ってみるといい。俺と村長はその間話し合いだ。護衛にクレオを連れていけ」

「……承知しました」

ロドリゴからの命令にクレオは不満そうな顔だったけれど、兄達は喜びの声をあげた。

「父上、俺も行く！　魔物が出てきたら海の魔物と戦えるもんな！　経験を積むのも大事だろ」

とラース。辺境伯領には海はないのだが、海の魔物と戦う経験を積んでどうするつもりなのだろう。

「エルの側にもうひとりいた方がいいですよね。僕も行きます」

と、メルリノ。メルリノは防御魔術も得意だから、彼が来てくれたら安心だ。

「……俺も！　俺も行く！」

最後にハロン。兄達が行くなら、彼が行かないという選択肢はないに違いない。

「辺境伯様、それでは明日はネーネを道案内につけましょう」

村長の言葉で、ネーネも一緒に来てくれることになる。

初対面の時はちょっと怖かったけれど、今ではネーネのことも大好きだ。

「わあい、楽しみ！」

エルが手を打ち合わせると、大人達はそろって微笑ましそうな顔になる。ひとりクレオだけは、浮かない顔をしていた。

第七章　海だ！　海に来た！

翌日。朝食を終えるとすぐに皆で馬車に乗り込んだ。

海までは、馬車で三十分ほどだそうだ。今日は飛ばずに、ごとごとと馬車に揺られていく。

「塩水で顔がべたべたになるし、魔物は出るし、海って楽しいんですか？」

と、御者台からクレオ。ネーネと並んで御者台に座っているけれど、落ち着かないみたいだ。

「魔物？」

エルはクレオの方に身を乗り出した。海に魔物が出るのか。いや、森に出るのだから、海にだって出たっておかしくない。

「どんな魔物が出るの？」

「魚の魔物が多いかしら。美味しいわよ。あと、昨日のフライに使った魔物――クリスタルシュリンプとか」

ネーネの言葉に、エルは目を輝かせた。あのエビフライは最高に美味しかった。辺境伯領でもあれを食べられればいいのに。

「お魚！　食べりゅ！」

「じゃあ、俺達張りきって魚を捕らないとなあ」

ラースの言葉に、メルリノとハロンがうなずいた。兄達なら、海の魔物にだって後れを取ることはないはずだ。

「ネーネさん、魔族領では、お魚を生で食べる？」

「ええ。お醤油をかけてね」

「エルも食べたい」

「エル様物知り……そして、通ね……新鮮な魚は生で食べるのが一番……」

御者台から振り返ったネーネがにやりと笑う。

その横では、クレオが信じられないというような顔をしていた。たしかに、生の魚を食べる文化がなかったら、少々気持ち悪いと思うかもしれない。

王都も辺境伯領も海から遠いので、生魚を食べる機会というのはほとんどないのだ。

「刺身かあ、俺は苦手。焼いて塩が一番」

と、ハロン。ラースとメルリノは、刺身でも大丈夫だそうだ。

「ネーネさん、お塩はどこで作ってるの？」

「作る……？　山から持ってくればいいから、作らないわよ？」

そうか、このあたりでは岩塩が使われているのか。

前世でも、世界的に見れば海水から塩を作るよりも岩塩を使っていた地域の方が多かったと何かで見た覚えがある。日本では岩塩が採れないから、海水から作るようになったとも。

（だから、にがりもないのかなぁ）

海水から塩を作っていれば、にがりの存在に誰か気づいたのではないかと思う。

「わあ、海だ！　海！」

目の前に青い海が見えてきて、エルは興奮した声をあげた。

前世で知っている海と同じだった。白い砂浜、寄せては返す波。左手の方には海面から突き出た岩が見える。

いや、前世では見ていなかったものが見えた。向こう側から飛び上がったのは巨大な魚。マグロよりも大きい。

「あれがストームサーモンよ」

ネーネは飛び出てきた魚を指さす。

比較対象がないからよくわからないけれど、エルの知っている鮭よりずいぶん大きいような。あんなに大きな魚がこんな沿岸まで来るなんて、魔族領の生態系はエルが知るものとは大きく違っているみたいだ。

「……エル様、あっちに行きましょう！」

不意にネーネが声をあげる。はっとして見たら、海の水がぶくぶくと盛り上がっていた。まるで、大きな生き物がそこにいるとでも主張しているみたいに。

「ネーネ、魔物か？」

「そう、魔物！　おかしいな、この時期には出ないはずなのに……！」

叫んだラースに叫び返しておき、エルを抱き上げたネーネが高く跳躍する。そのまま後方に大きく飛びのいたかと思うと、そっとエルを一段高くなったところに下ろした。

「エル様はここにいて。精霊達、エル様をちゃんと守るのよ？」

鞄から飛び出したジェナとベティが、エルの左右に立った。エルはスズをぎゅっと抱きしめた。クレオの戦いぶりはともかく、兄達が強いのは知っている。大丈夫だ、問題ない。

「クレオ、お前下がっとけ！」

「下がりませんっ！」

ラースの声にも、クレオは従おうとはしなかった。それでいいのだろうか——いや、よくないだろう、絶対に。

「クレオ、エルのとこに来て！　エルにも護衛が必要！」

スズを抱えたまま叫ぶけれど、エルの声はクレオには届いていないようだ。

「——僕にだってできる！」

「クレオ、兄さんが下がってろって言って——」

あっという間に近づいてきたのは、大きな魔物だった。前世で大きさが近いものといえば路線バス——だろうか。

海水に濡れた身体は艶々としている。まるで巨大なアシカ。でも、アシカのような愛らしさはない。

フシューッと魔物が鼻から息を吐く。そして、魔物は頭の位置を低くした。

かと思うと、ぐるりと頭を巡らせる。

「すごく速いっ！」

見ているエルが驚きの声をあげたのも当然だった。魔物は、海から上がってきたばかりとは思えないほど俊敏な動きで、砂浜の上を滑るように動く。

真っ先に魔物が向かったのは、クレオの方だった。

「わあっ！」

クレオは慌てて剣をふるうも、魔物の勢いにはかなわない。振りおろした剣はひれであっという間に跳ね飛ばされる。

クレオも後方に尻もちをついた。

「わわわ、クレオ、クレオこっち！」

ぴょんぴょん跳ねながらエルが手を振る。クレオはここでエルの側にいればいい。

「……え？」

素早く魔物とクレオの間に身体を滑り込ませたネーネは、勢いよく魔物の身体に手を差し込んだ——かと思うと、魔物をぐるりとひっくり返す。

魔物が体勢を立て直す前に、クレオの首根っこをひっつかんだネーネは、一瞬にしてエルのところまで後退した。

ぽいっとその場にクレオを放り出し、エルの方に目を向ける。

「エル様は動いちゃだめよ……」

「あい、エル、動かない」

「あとは、若様達にお任せというわけにもいかないから、私も行ってくるわね……！」

そして再びひゅんっと跳躍。

脚力も人間のものとはまるで違うし、着地した時足にかかるであろう勢いを殺せているのもすごい。

「メルリノ、お前はもうちょい下がれ！　ハロン援護頼む！」

「まーかーせーてー！」

「まずそうなら、防護壁張りますからねっ！」

さすがというか、三兄弟の連携に乱れはなかった。ラースが突っ込み、魔物の身体に剣を突き立てる。ハロンは後方から、魔術で援護。

ラースに向けられる魔物の攻撃は、メルリノの防護壁によって大半が弾かれる。

「ラース様、次、私に合わせて」

「おう！」

そこにネーネが合流しても、連携が乱れることはなかった。ネーネが飛び込んだかと思うと、再び魔物をひっくり返す。

ラースはその一瞬で魔物の弱点をあっさり見切ったようだった。エルの目にはまったく見えない速度で剣が振り抜かれる。

「ハロン！」

「はいっ！」

名前を呼ばれただけで、ハロンは自分が何をすべきかしっかりわかったようだ。

ハロンのいる位置からすさまじい勢いで飛び出した炎の矢が、ラースの作った傷に突き刺さる。と、同時に再びラースは剣をふるった。今度は、魔物の首に深く剣が突き刺さる。

首を刺され、体内から焼かれた魔物は、苦しそうな声をあげてのたうち回る。だが、その動きはすぐに弱くなり、そして動かなくなった。

「さすが、カストリージョ家の若様達」

「なんだよ、こいつ。めちゃくちゃ硬いんだな」

剣を持っていた方の手を、ラースはぶんぶん振っている。魔物が硬くて痺れたみたいだ。

「ネーネ、手を抜いただろう。ネーネならもっと楽に倒せたよな？」

「バレました？」

くすくすと笑いながら、ネーネは腰に下げていた短剣をすっと抜いた。そして、魔物の方に歩みを進めながら、ラースに目を向ける。

「この魔物は、私達はアイアンデルダと呼んでいる……皮が、とても硬い。けれど、加工すればいい防具になるの。若様達、いる？」

「どうだろ、それは父上に聞いてくれるか？」

辺境騎士団の装備に、アイアンデルダの魔物素材で作った防具がいるかどうかは、ラースだけでは判断がつかないらしい。

ネーネは抜いた短剣で、魔物の皮を剥ぎ取り始めた。魔物の素材は、無駄にはしないということなのだろう。慣れているようで、彼女の動きに悩むようなところは見受けられない。

「エル、大丈夫でしたか？」

メルリノがこちらに近づいてきた。

以前は自分が最前線に出られないことに悩んでいた節もあるけれど、今では自分のやるべきことが何なのかを自分で見定めたみたいだ。彼の表情に、沈鬱な様子は見られない。

「エルは、なんともない。クレオは？」

兄達が戦っているのを茫然《ぼうぜん》と眺めていたクレオは、ぎゅっと砂を掴んだ。エルの言葉に顔を上げ、のろのろと首を振る。

それを見たメルリノは、小さく嘆息して首を横に振った。

「嘘はいけません。左手、見せてください」

ぎゅっと唇を結んだまま、クレオはまたもや首を横に振った。意外と頑固なところもあるらしい。

「……わっ」

左手の下にスズが潜り込んでいた。ぐぐっと身体を持ち上げると、メルリノはスズが持ち上げたクレオの左手をパッと掴む。

「ほら、だから聞いたんです。こういう傷が、あとになってひどく化膿したりするんですよ……これでよし、と」

エルも気がついていなかったけれど、クレオの左手のひらには傷があった。魔物の牙がかすめたのかもしれない。

メルリノの魔術で、傷はあっという間に塞がっていく。無言のままクレオは踵を返そうとした。

「クレオ、ありがとーは？」

「いいんですよ、エル。強引に治療したのは僕ですし」

「それは、だめ。ここで治療を受けるのは騎士団員なら当然。お礼を言わないのはよくない」

体調を万全に調えておくのも騎士の仕事だ。いざという時に動けないのでは困る。

怪我をしないのが一番であるけれど、怪我をしてしまった時には、できる限り速くできる限りの治療を受けるのも騎士として続けていく上では大切なこと。

エルにそれを指摘されて、クレオはきゅっと拳を握りしめた。それから、メルリノに向かって頭を下げる。

「ありがとうございました……！」

口調はぶっきらぼうだったし、表情にも感謝は見えなかった。でも、メルリノはそれでよしとしたようだった。

「いえ、僕も勝手にしたことですしね。このあたりに出る魔物は、辺境伯領とはまた違うので、あまり遠くに行かないようにしてください」

「わかり……ました……」

立ち去りかけたクレオは、その言葉で思い直したみたいだった。少し移動したものの、エルやメルリノからは遠く離れようとはしない。

（うん、遠くで襲われたらどうにもできないもんね……！）

離れたところで魔物に襲われたら、ネーネでも間に合わないかもしれない。それを考えると、近くにいてくれた方がいい。

「エル、あれ食べたい」

エルが指で指したのは、沖合で跳ねているストームサーモンである。何でも、嵐を巻き起こすほどの風属性の魔術を得意とする魔物なのだそうだ。水の中にいるくせに風属性。

美味しいとネーネが言っていたし、ここはひとつ料理してやろうではないか。

「よーし、じゃあ俺達が捕ってきてやる！　ネーネ、あの舟使えるか？」

「どーぞ。エル様の護衛は私に任せて！」

「僕も残ります」

ハロンが真っ先に飛び乗り、メルリノは海岸に残ることを決める。

「おい、クレオも行くぞ！」

「……え？」

「メルリノとネーネがいればエルの護衛はいらないんだから、こっちに協力しろって」

「わわ」とか「え」、とか言っているクレオの腕を引っ張って、ラースは強引に舟に押し込んだ。メルリノは攻撃魔術は得意ではないから、今回は様子見をすることにしたようだ。

「銛も借りるなー」

「どうぞぉ」

わーっとラースが舟を押し出し、乗せられたクレオはまだうろたえている。

（そうね、にぃに達に任せておけば大丈夫！）

エルが何か言うよりも、ラース達と行動を共にする方がクレオにとってもいいだろう。今までだって、何人も王都からの騎士を受け入れている兄達の方が、経験豊富に決まっている。

それならそれで、エルにはやりたいことがある。

「まずは、海水を汲む。ジェナ、お願いしてもいいかなぁ？　もう少し沖の方の綺麗な海水が欲しい」

ジェナに乗っていたベティとスズが滑り降りた。ふたりしてエルの周囲をふよふよと漂っている。しゅぱっと飛び上がったジェナは勢いよく沖の方に飛んでいった。

「あんなに速く飛べたんだねぇ……」

普段エルの周囲を飛び回っている時には、エルの歩く速度に合わせてくれているから、あんなにも速く飛べるなんて考えてもみなかった。

「エル様、何作るの……？」

「お塩！」

「……塩？」

やはり、海水から塩を作るという発想はなかったらしい。ネーネは首をかしげていた。

やがて戻ってきたジェナには、海水がなみなみと汲まれていた。ゴミの浮いていない綺麗な海水だったけれど、念のために目の細かい布で一度こしておく。

「ジェナ、あっつくなって」

少し離れたところにあった平らな岩にジェナを乗せる。そして、海水が沸騰してくるのを待った。ここから先は、ジェナにお任せである。

「エル、沖を見てください。兄上達すごいから」

「わあ！」

メルリノの言葉に沖を見やれば、海水が凍りついている。その上に立ったラースがちょうど獲物を仕留めたところだった。

「おおお、滑るっ！」

と叫びながらも、器用に体勢を立て直して舟に飛び移る。

「クレオの氷魔術もすごいなあ！」

と叫んだハロンにクレオが何か言っている。ラースに舟に押し込まれた時より、幾分元気になっただろうか。

「……あ、エル様。沸騰してきた」

「しばらく、このまま」

海水がぐらぐらと沸き立ち、だんだん蒸発してくる。

そして、ある程度白い結晶ができたところで、再び清潔な布と器を用意し、白い結晶状のものと、海水を分離する。ここで分離したものは、塩ではないので使わない。

「ジェナ、もう一度ぐらぐらさせて」

そして、海水の方をジェナに戻して再び熱する。

底にたまった沈殿物が焦げつかないようにゆっくりと木べらでかき回す。かき回す作業は、メルリノにお願いした。

「あ、ハロにぃにが捕まえた！」

ハロンは、舟にあったらしい長い銛を持っている。まるでいつも扱っているみたいにやすやすとそれを取り扱っていた。

身体の中心を銛に貫かれた魚が、空中へと持ち上げられる。びちびちと跳ねているそれを、ハロンはなんてことないみたいに舟に下ろしていた。

ラースは、クレオが作った氷の上を飛び回って剣で魔物を切ろうとしている。

「もう少しかき混ぜますか？」

「このぐらいで大丈夫！」

海水はほとんど蒸発し、ジェナに残っているのはどろりとした白い半液体。再び清潔な布で、それをこす。しばらく待って、水分をできるだけ下の器に落としたい。

「これ、お塩」

「これが、お塩？」

「そう、海の水から作ったお塩」

もっと楽に作る方法もあるはずだけれど、昔はこうやって塩を抽出していたらしい。

そこへ、会議を終えたらしいロドリゴが合流してきた。

「エル、何してたんだ？」

「ジェナとお塩作った！　あとにがり！」

塩と分離された液体はにがりである。

そう、これがあれば豆腐が作れるのだ。塩も、持って帰って使ってみよう。さすがに、海水から塩を抽出したのは初めてである。

「父上、話は終わったのか？」

気がつけば、魚捕りに行っていた面々の乗った舟がこちらに近づいていた。舟の上からラースが手を振る。

「クレオはすごいな？　アルドなんて最初は舟から動けなかったんだぞ！」

とハロンが笑っていた。

そうか、アルドもここに来たことがあったのか。舟の上から動けない彼の姿が容易に想像できてしまう。おかしい、騎士としてはそれなりな腕の持ち主のはずなのに。

「でも、僕ひとりじゃ勝てなかったから……」

「クレオは、海での戦闘は初めてだろ？　しかたないって。舟から氷に移るのだって、普通は難しいんだからな」

「それは、僕の魔術が氷だからで」

「誰だっけ、海に転がり落ちたやつもいたな」

氷に乗り移ろうという気合は買いたいところだが、海に転がり落ちたのか。魔物の餌にならなくて、本当によかった。

ラースの言葉にぴしっと右手を上げたのはハロンである。

「それ俺！　あの時は魔物に食われると思ってびびったなあ」

「その前に俺が助けただろうに」

ハロンの頭に手をやってラースは笑っているが、それは笑えない気がする。

「クレオ、お前の腕はたいしたものだ。だから、俺のところに来たんだぞ。やっぱり、お前を鍛えたいと言って正解だったな」

「……え？」

ロドリゴが預かるのは、何か失敗をしたとしても見込みのある騎士だけだ。エルも以前クレオに告げたことがある。

辺境に来て、生き残るだけの腕を持っていなければ、そもそも送られないのだ。

だが、クレオはまったく知らなかったらしい。そして、エルの言葉を信じていなかったらしい。

「……本当、ですか？」

「お前、俺の言葉が信じられないのか？　あとは、もーちょい視野を広くできたらなおいいな。だから、ここに連れてきたんだが」

自分の子供にするのと大差ない勢いで、ロドリゴはクレオの頭をかき回す。そうされたクレオは、ちょっぴり照れくさそうに見えた。

そして、そんなやり取りの一方。ネーネはエルが作った塩をじっと見ていた。

「海水から塩を作るって発想はなかったわね……」

「この辺は、岩塩が採れるってネーネさん言ってたもんね」

「そうそう、北の方で採れるの」

岩塩が豊富に採れるのならば、わざわざ海水から塩を作ろうという発想にはならないだろう。エルにはジェナがいるからいいけれど、魔道コンロで加熱し続けるのでは効率が悪い。

「エル、塩が欲しかったわけじゃないの。これが欲しかった」

「……それは？」

にがりを見て、またネーネは首をかしげる。海水を蒸発させることなんてないだろうから、にがりの存在も知らないだろう。

「これを豆乳に入れると固まる。美味しい」

「チーズとは違うの？」

「似てるけど、ちょっと違う。違う美味しさ」

和食で使う食材や調味料があるのに、豆腐がないのはちょっと不思議に思ったけれど、ここではそういうものなのだろう。

「おーい、エル、このストームサーモンはどうするんだ？」

ラースが向こうから声をかけてくる。エルは慌ててそちらに向かった。

「……ちゃんちゃん焼きにしよう！」

カレーと同じように「ちゃんちゃん焼き」もなじみのない言葉だったようだ。皆、首をかしげている。

「美味しいの！　エルにお任せ！」

鮭と野菜を蒸し焼きにしたちゃんちゃん焼きは、店でも頼まれれば出していた。

店ではフライパンで作っていたけれど、ここには大きな鉄板がある。豪快に焼くことができるではないか。

今日の夜は、豪勢に海鮮バーベキューだ。こうなったら、やることはひとつ。

「他にも食材を集めて！」

エルの号令で、皆、食材集めに走り回ることになった。


海でたっぷり遊んだり食材を集めたりしたあと、魔族の人達が暮らしている場所に戻る。

魔族の人達も、しばしば海鮮焼きはするらしい。海鮮だけで物足りない人は、肉を持ってきて焼くそうだ。大きな鉄板でバターを溶かし、そこに皮を下にしてストームサーモンの半身を置く。

周囲には切った野菜を並べて上から味噌だれをかける。蓋はないので、もう一枚の鉄板を逆さまにして伏せて蓋代わりにした。

「貝は焼いて」

「味つけはしなくていいのか？」

「うん。海水だけで充分じゃないかな。足りなかったら、お醤油。焦げたお醤油も美味しい」

鉄板の他に網も持ち出されていた。その上で、貝や肉や野菜が焼かれている。

「エル、これ食ってみろ。美味いぞ」

「おおっ」

ハロンが差し出してくれたのは、昨日も食べたクリスタルシュリンプだ。一口サイズに切り分けられたそれを、エルはぱくりと口にした。

「んんー、おいち！」

ぷりぷりとした歯ごたえに、口の中に広がる旨味。

味つけは塩だけといたってシンプルなのだが、逆にそれが素材のよさを引き立てている。昨日のフライとはまた違った味わいだ。

「だろ？　塩をかけただけなのにな！」

ハロンが持ってきてくれた海老だけではなく、ラースはアワビに似た貝を、メルリノはホタテに似た貝を持ってきてくれる。

こちらもまた美味しかった。新鮮な海の幸は最高だ。食べることをしない精霊達は、エルの周囲を飛び回ったり、砂の上を跳ねたりしている。

「エル、そろそろこっちもいいか？」

「いいよぉ！」

大きな鉄板をロドリゴが軽々と持ち上げる。

エルはその様子をうっとりとした目で見ていた。エルの父親は、最高の人だと思う。力が強くて、エルを守ってくれる。

蓋を持ち上げたとたん、バターと味噌だれの香りが一気に広がった。今までとはまた違う食欲をそそる香りに、魔族達もこちらに近づいてきた。

「じゃあ、次はこれをよーくかき混ぜる！　豪快にかき混ぜる！」

「任せろ！」

木べらを器用に使い、ロドリゴは鉄板の上の野菜と火の通ったストームサーモンをかき混ぜていく。味噌だれが全体になじむように気をつけながら混ぜればちゃんちゃん焼きの完成だ。

「できた！」

甘じょっぱい味噌だれに、野菜の優しい甘さが加わる。ほんのりと香るのはバター。魔物から出る油も加わって、最高のハーモニーだ。

口の中に入れれば、塩気の次に魔物そのものの風味が追いかけてくる。豪快な料理なのに、意外と繊細な味わいだ。

「あっつ、おいち！　おいち！　でも、あちゅい！」

口の中にはふはふと空気を送り込みながら、フォークを動かす。外で食べるご飯って、何でこんなに美味しいんだろう。

（きっと、お外で食べて、皆が一緒にいてくれるからだな）

美味しいものは、皆で食べたらもっと美味しくなる。

ネーネがちょいちょいとエルをつついてきた。ぐっと親指を立てているのは、美味しいという意思表示。

「エル様。海で私達も塩を作っていい？　海で塩を作れるのなら、岩塩を採りに行かなくてもすむわよねぇ……遠くて面倒なのよ」

「エルの発明じゃないし、それはいいけど、大変よ？」

だいたい、海水に含まれる塩分は三パーセントぐらいだったはず。

今回はジェナが手を貸してくれたから燃料は必要なかったけれど、煮詰めて作るとなると燃料費だけでも馬鹿にならない。

「置いとくだけならどうかしら」

「置いとくだけ？」

「うん。鉄鍋に海水を入れるでしょ。海岸に置いておいて、ある程度蒸発したら、どんどん海水を足していったら、濃い塩水にならないかしら。それを煮たてて蒸発させるなら、そんなに時間はかからないわよね？」

「……それはそうかもだけど」

ちょっと効率が悪いような。だが、ネーネは真面目な顔をして考え込んでいる。

「日光に当たる部分が多い方がいいだろうから、鍋じゃなくて鉄板の方がいいかも？　縁をつけたら水は零れないだろうし」

「表面積が広い方が早く蒸発するものね」

エルの提案に、ネーネはうんうんとうなずいた。

砂の上に海水をまいて作る方法もあったはずだけれど、具体的にどうやって作っていたのかは覚えていない。この村で使う分ぐらいなら鉄板を何枚も並べて、そこに注いだ海水を日光で蒸発させるだけで充分かもしれない。

「そうそう……もしかしたら、火の魔術が使える人に鉄板を熱くしてもらって、そこに海水かけるのもいいかも」

「たしかに！　それならすぐ蒸発するから悪くないわね。いろいろ実験してみるわ！」

ネーネに頭を撫でられて、エルは満足した。

エルの知っている前世の知識はたいしたことはないけれど、皆の役に立てるのなら幸せだ。

ネーネもいろいろと考えているようだし、近いうちに、魔族領から海水塩を買えるようになるかもしれない。

＊　＊　＊

クレオ・ブロークが父から呼び出されたのは、王都騎士団の訓練を終えて自分の屋敷に戻った時だった。ブローク伯爵家では、次男以降は代々騎士団に所属するのが習わしだ。

訓練は王都騎士団で行うが、そこで認められれば近衛である王宮騎士団に所属することができる。次男である兄も王宮騎士団に所属している。負けてはいられなかった。

「お前は、辺境騎士団に行くことになった」

「何ですって？」

父に言われて、思わず声をあげてしまった。辺境騎士団に行くってどういうことだ。王宮騎士団に所属している兄だって、そんなところには行かなかったのに。

（……まさか）

先日、団体戦の訓練中に失敗したのを騎士団長に見られていた。失敗した者は、辺境伯領に追いやられるという噂だ。ちょっとした失敗なのに、辺境送りだなんて。

「王都騎士団長の人選だ。断れないぞ」

「……そんな」

王都騎士団の団長は、クレオには見込みがないと思ったのだろうか。辺境騎士団に出向になるというのは、つまりはそういうことだ。

「……父上、僕は」

「わかっている。不満なんだろう？　だが、断るならばお前は騎士にはなれない」

上の者の命令に従えないのなら、騎士としてはやっていけない。父にそう言われてしまえば、クレオも黙るしかなかった。

クレオは、自分のことはかなり素質のある騎士だと思っている。なのに、辺境送りにされてしまうとは。その不満が、つい表情に出る。

「それに、辺境伯には気になるところもあるんだ。もし、お前が直接辺境伯を見てきてくれるのであれば、それもありがたい」

「気になる？」

「王宮から離れたところで暮らしているだろう。何を考えているのか、わからんからな」

つまり、父はクレオに辺境伯領の様子を探ってこいと言いたいらしい。それもまた父の命令ならば、クレオには逆らうことができなかった。

魔物の相手をしていると言っても、たいしたことはないのだろう。そう思っていたクレオは、辺境伯領に到着早々鼻っ柱を叩き折られることになった。

王都では高価な魔物肉を惜しげもなく網焼きにしたバーベキュー。ちょっと挑発したら、辺境伯家の長男はあっさりクレオの誘いに乗ってきた。

王都の騎士団に所属することを許されないレベルでしかないと思っていたのに、ラースは圧倒的だった。彼に打ち込んだクレオの剣は、次から次へと阻まれてしまって。

それからの辺境騎士団での生活は、居心地悪かった。毎日のように森に入っては、魔物を討伐する。

辺境に出る魔物は、王都近郊に出没する魔物より強いとは聞いていたが、まさかこれほどまでとは想像もしていなかった。

「何で、こんなにきついんだよっ！」

王都近郊の魔物ならば、あっさり退治できたのに、ここの魔物相手ではかなりの苦労だ。その日の討伐を終えてそうぼやきながら戻ってきたら、一緒の班だったアルドが笑った。

「ここに来た当初は俺もそう思ったっすよ」

笑うアルドも、王都騎士団の出身だ。

クレオが入団する前に辺境伯領行きになったから、こちらに来るまで顔を合わせたことはなかった。貴族ではなく、商家の出身だからか、へらへらとした笑いをすることが多い。もう少ししゃっきりすればよさそうなものなのに。

「……そういえば、アルドも王都からの出向組だった？」

「そうそう。へまやらかして、こっちに飛ばされて」

ここで暮らすようになった当初は、むくれていたのだといい笑顔でアルドは語る。

（……そのわりにはずいぶんなじんでいるような？）

王都からの出向組だと言うわりに、アルドはここでの生活が気に入っている様子だ。

彼の場合婚約者も辺境に出向してくれるというのもあるかもしれない。こんな僻地に送られるなんて左遷なのに、気にしないなんて信じられない。

なんて口にしないだけの分別は持ち合わせている。

「ここで訓練したやつは、強くなるってクレオは知ってたっすか？」

「強くなる……まあ、そうかも」

辺境から戻ってきた騎士達は、たしかに行く前より強くなっていた気がする。これだけ毎日魔物と戦っていれば、鍛えられもするだろう。

――だけど。だからといって、いつまでも自分が辺境でくすぶっていると思われては困る。早く手柄を上げて、王都に戻るのだ――父が、辺境伯を探ってほしいと望んでいたとしても。


「おう、クレオ。ここにいたのか」

エルと精霊達に脱走を阻まれた夜。外で考え込んでいたら、ロドリゴに顔をのぞき込まれた。

「辺境伯様……」

「どうだ？　お父上に報告できそうなものは見つかったか？」

「……え？」

ロドリゴの発言に、クレオは驚かされた。父が、ロドリゴの行動に不安を覚えていたのを、彼は知っていたというのだろうか。

「ブローク伯爵は、辺境伯家が力を持ちすぎるのを不安がっているからな」

なんてことないようにロドリゴは言い放つけれど、クレオはまったくそんなこと知らない。

ロドリゴは、クレオの頭に手をやるとわしゃわしゃとかき回した。

「伯爵が心配するのもわかるけどな、辺境には伯爵が心配するようなことは何もない。まあ、お前がしっかり見て、帰って伯爵にそう伝えればいいさ」

思う存分クレオの頭をかき回してから、ロドリゴはそれ以上は何も言わずに立ち去る。

エルにやるみたいに頭をかき回されて、まるで小さな子供になってしまったような気がした。

「子供じゃないいんだけど」

(辺境伯様はあんな風に言ってたけど……)

父が、辺境伯家を不安に思うほどなのだ。きっと何かあるに決まっている。

魔族が暮らしている地域に行くと聞いた時、辺境伯家は国王を裏切ったのだと思った。だが、魔族領を訪れるのは、国王からの命令だというではないか。

いったい、王家は何を考えているのだろう。

(父上が気にしていたのは、こういうことだったのかな……)

得体の知れない相手との取引をしている辺境伯家にも驚いたけれど、それを進めようとしている国王にも驚いた。

(辺境伯家が魔族と組んで何をしようとしているのか、しっかり探らなくては)

ようやく、父がクレオをここに送った理由を悟った気がした。辺境伯領から魔族領まで、空を飛ばされるとは想像してもいなかったが。

そして、魔族だというネーネの力を見せられたとたん、いいようのない恐怖に見舞われた。辺境伯家に品物を届けに来た時には、そんなそぶりも見せなかったというのに。

圧倒的な存在感。

自身と辺境伯家の五人、それにクレオの七人乗った馬車を軽々と宙に浮かせたネーネは、そのまま魔族領まで一行を運んでみせた。疲れた顔などまるで見せずに。

彼女が暮らしているという村を訪れた時には、もっと恐ろしい目にあわされた。海から出てきた巨大な魔物。

クレオひとりでは、まったく歯が立たなかった。

もし、魔族と呼ばれている人達が人間の世界を蹂躙しようと思ったら、簡単にできるだろう。でも、ネーネ達の暮らしを見ていたら、そもそも興味がないのではないかと思えてきた。

（……あんな化け物がいるなんて、わかるはずないだろ）

海で見かけた巨大な魔物。陸の上をのそのそと歩いていたくせに、攻撃力はすごかった。その魔物をネーネはあっさりひっくり返していた。

最初のうちは、辺境伯家を足がかりに、王国を支配しようとしているのだろうと思っていたけれど、そんな面倒なことをする必要はない。

もし、占領したければ、辺境伯なんて構わず、一気に攻め込んでしまえば占領できるだろう。

ネーネひとりで辺境騎士団の半数は戦闘不能にできるだけの能力を持っているのだし。

だけど、今になって思う。父みたいに、辺境伯家を恐れる必要はあるのだろうか。

第八章　辺境騎士団は、最高なのです！

まだ幼いけれど、エルはなかなか忙しい。

魔族領から帰ったかと思ったら、今度はまた王都だ。だが、いつもの王都行きと違うのは、今回はネーネが一緒だということ。

辺境伯領の屋敷に泊まったのは一泊だけだった。一晩でロドリゴは、ロドリゴでなければならない仕事を片付け、新たな指示を残るジャンに出す。

兄達も兄達で、王都に出かける準備に忙しい。

一緒に辺境伯領の屋敷まで来てくれたネーネは、客室に滞在した。今まで行商には何度も来てくれたけれど、彼女がこの屋敷に宿泊するのは初めてだ。

そして、翌日。屋敷の前に用意されたのは再び馬を繋いでいない馬車だった。

「ネーネさん、大丈夫？　遠くない？」

「エル様は、私の本当の力を知らないから。馬車を運ぶことぐらい余裕」

エルの前で、ネーネはぐっと拳を握って見せた。今日の彼女は、大きなフードのついたマントを羽織っている。たぶん、王都に行ったら、フードで角を隠すのだろう。

「ネーネ、今回は速度を上げるんだろ？」

「その予定。昼過ぎには、王都に着くわよ、ロドリゴ様」

昼過ぎ、と聞いてエルは目を瞬かせた。

辺境伯領から王都までは、エルを連れてだと片道五日ほどかかる。これは、エルのペースに合わせているからだ。

馬だけを使い、大急ぎで戻ってくると半分ほどに短縮できるらしいけれど、馬車に乗っていると、そこまでの速度で移動するのは難しい。

だが、ネーネの魔術を使えば、朝出発して昼過ぎには王都に到着できる。それって、すごいことなのではないだろうか。

「ほら、乗って」

「はーい」

ラースに抱き上げられ、よいしょと馬車に乗せられる。ロドリゴが乗り込み、兄達も続けて乗り込んできた。

「ロドリゴ様、僕も王都行きなんですね」

「王都が恋しいだろ?」

前回脱走を企てたクレオは、再び王都行きのメンバーに入れられていた。

ロドリゴはしばらくクレオを側に置いておきたいらしい。

クレオは複雑な顔で乗り込んできた。魔族領でロドリゴに誉められたりいさめられたりしたけれど、まだネーネが側にいるのには慣れないらしい。

「じゃー、行くわよ……」

ネーネの声が御者台からした。ふっと浮き上がる馬車の感覚はもう何度も味わったもの――かと思えば、少しずつ速度が上がり始めた。

「わあ、速い速い！」

窓の外を見ていたエルが感嘆の声をあげたのも当然だ。速度はぐんぐん上がっていって、流れるように眼下の景色が移り変わる。

「いつ見ても、すごい緻密な魔力の使い方ですよね」

と、つぶやいたメルリノは、前回同様ネーネの魔術の解析を始めたみたいだ。手元にメモ帳を引っ張り出したかと思ったら、何やらものすごい勢いで書き始めている。

（いつか、メルにぃにと一緒に空を飛べるようになるのかな）

それなら、エルも嬉しいけれど。

攻撃魔術は不得意ではあるけれど、それ以外の魔術についてはかなりの腕の持ち主である。もしかしたら、近いうちにネーネの魔術を解析してしまうかもしれない。

「……ふわ」

と、あくびをしたラースは、背もたれに身を預けてさっさと眠る体勢に入ってしまった。たしかに、ここでは気を張る必要もないけれど、いきなり寝始めるのか。

「父上、王都に行ったら今度は何をするんだ？」

「んー、ネーネと陛下の会談だな。あと、エルには一働きしてもらう」

「え？」

ハロンに問われたロドリゴの口からいきなり名前が出てきて、窓の外に夢中になっていたエルは振り返った。

「エルが働くって、どういうこと？」

「あー、ほら。魔族領との交易を正式に始めたいってことになっただろ？　陛下は賛成派なんだが、反対意見も多くてな」

「だろうねぇ……」

今まで魔族領で暮らしていた人間といえば、周辺の国から追放された人ばかり。

魔族領では辺境伯領以上に魔物の出没数が増える。そんな中で助け合って暮らしてきた人々が作る品々や魔族領でしか産出しない品々と王国の間に交易を開く。

だが、王国で暮らしている人々の中には、魔族領で暮らしている人は罪人か罪人の子孫。また、魔族は人間に敵対するという意識の持ち主も多い。

（差別意識をなくすのって、難しいだろうしね）

ロドリゴの膝に持たれるようにして、エルは考え込んだ。

前世でだって、人々の差別意識をなくすのは不可能だった。どこにだって、その意識は存在する。

それでもなお、魔族領との交易を勧めるのであれば、反対する声が大きいであろうことも容易に想像できた。

（エルに一働きしろってことは、料理を作れってことだろうな……）

国王がエルに何を期待しているのかはよくわからないが、エルにできることというのはそう多くない。

料理を作るかお菓子を作るかだ。

（辺境伯領と魔族領と王都を結びつける、そんなもの）

交易が始まるとこんな利点があるというのをわかりやすく王都の人々に伝えるにはどうしたらいいだろう？

リティカやイレネと知り合ってから、貴族らしい考え方というものも少しずつ勉強し始めてきた。ロドリゴやロザリアはどうしても、辺境伯領寄りの考え方になるし、それは王都の人々とは少しずれている面もある。

「何、心配するな。陛下も美味いものが食いたいだけだ」

「陛下は食いしん坊ね？」

「そうとも言う」

難しい顔になったエルを気遣ったのか、ロドリゴはそう言って頭を撫でてくれた。エルはまだまだ考えている。

（……あとで、王都の市場も見せてもらおう）

何度か行ったことはあるけれど、王都の市場には珍しいものもたくさん入ってくる。何か、ヒントになるようなものがあるかもしれない。

王都についた翌日には、ロドリゴはまず国王への報告のために王宮へと向かった。そして、エルはロザリアと共に王宮である。

「お母様、エルは何をしたらいい？」

「ふふ、私には王都での仕事があると言ったでしょう？　エルちゃんにもね、手伝ってほしいの」

ロザリアと並んで座ったエルは、疑問を投げかけた。

エルの膝の上にあるのは、ケーキの入った紙箱だ。トルテにレシピを作ってもらった、「オペラ風チョコレートケーキ」である。

今日もチョコレートが艶々としていて美しい。トルテは辺境伯領にいるので、王都で新たに雇った菓子職人が作ってくれたものだ。

（お母様、何をするつもりなんだろう……）

王都でのロザリアは、貴族の間で辺境伯領のためになる情報を集めたり、辺境伯領の邪魔をしそうな貴族を牽制したりしているそうだ。

今日、エルにチョコレートケーキを持たせて王宮に行ったところで、何ができるというのだろう。側の鞄には精霊達もいるけれど、何があるのかそわそわとしてしまう。

「よく来てくれたわね。今日は、美味しいケーキを持ってきてくれたのですって？」

王妃の目はエルのケーキに釘付けである。

アルドとエミーの結婚式で出したオペラ風チョコレートケーキは、王妃に献上はしたもののレシピまでは渡していない。トルテがレシピを教えた辺境伯家の菓子職人から入手するしか、今のところ食べる機会はないのである。

「エル嬢、今日は何して遊ぶ？」

ハビエルの方は、すっかりエルに懐いてしまったようだ。最初の頃と比べると、大きな変化である。今では、イレネともども友人と言ってもいいかもしれない。

「今日は、何人いらしているのかしら」

「そう大人数ではないわ。チョコレートは貴重だものね」

貴重？と首をかしげながらも、エルはロザリアの後ろをぺたぺたと歩いていく。ハビエルは、鞄からのそのそでてきたスズを両手で抱えてご機嫌であった。

ジェナとベティも、勝手に鞄から出てきてしまった。エルの背後をふよふよと漂っている。

（これ、大丈夫なのかな……？）

ちらりとそう思ったけれど、誰も止めないからいいことにしておこう。精霊達は、エルに制御できるものでもないし。

王妃がふたりを連れていった先には、すでに何人かの女性が集まっていた。王妃自らロザリアを出迎えてくれるなんて破格の待遇に違いない。

エルが一歩足を踏み入れたとたん、女性達の視線がこちらに突き刺さる。彼女達の視線に射貫かれた気がして、一瞬足がとまった。

「あらあら、皆さん、ずいぶんお待たせしてしまったかしら……？　王妃様、こちらをどうぞ」

ロザリアはさすがと言うべきか、彼女達の視線にも動じた様子は見せなかった。箱からそっとケーキを取り出し、テーブルに置く。

「まあ……なんて美しい」

「艶々としていて美しいわ。これ、ふんだんにチョコレートを使っているのでしょう？」

口々につぶやきながらも、女性達の目はケーキから離れない。ロザリアはさらに王妃の背後に控えていた侍女に合図を出した。

今日はテーブルに何も出ていないと思ったら、あとからあとから運ばれてくるのはすべてチョコレートを使った菓子である。

一口サイズに焼かれたブラウニー、チョコレートチップ入りのクッキー、ショコラテリーヌ。カップケーキに飾られているクリームも、今日はチョコレートクリームを使っているようだ。

「……僕、これ好き」

ハビエルが満面の笑みで手にしたのは、それぞれの席に配られたアイスクリーム。だが、エルが作ったミルクのみのシンプルなものではなく、チョコレートを使ったもの。いつの間にチョコレート味を開発していたのだろう。これを作ったのはトルテに違いない。

「辺境伯家の菓子職人が作ったチョコレートのお菓子よ。今日は、ぜひ、感想を聞かせてほしいの。辺境伯夫人にお願いして、用意してもらったものよ」

貴族のご婦人達は、次から次へとテーブル上のスイーツに手を伸ばす。あくまでも、上品さは失わないように注意しながら。それでも手は止まらない。

「カップケーキのクリームをチョコレートクリームにするのも気分が変わっていいわね」

「パイに入れたらどうなるかしら」

「フルーツにも合うと思うの」

さっそくフルーツに合わせることを思いついた人がいる。

ハビエルの横で女性達の話に耳を傾けていたエルはびっくりした。チョコレートとイチゴは合うし、前世ではドライオレンジにチョコレートをまぶしたオランジェットなんてものもあった。

美味しいものにかける情熱というのは、どこでも変わらないもののようだ。

「エル嬢、エル嬢はどれが好き？」

「殿下、エル——じゃなかった、私は、カップケーキが美味しいと思う」

「僕はクッキーかなぁ……」

口の周りをチョコレートクリームでべたべたにしながらカップケーキを食べていたハビエルが笑う。最初に出会った時とは別人みたいだ。

たぶん、王妃がエルに構うのが面白くなかったのだろうし、彼のその気持ちはエルにもわかる。こうして一緒に時間を過ごしていると、本来の彼は優しいというのもわかる。

「辺境伯夫人、このお菓子はいつから売り出すのかしら？」

「蜂蜜クッキーのお店の商品に加わると思っていたのだけれど、まだ置く予定はないの？」

口々にご婦人達に問われ、ロザリアは残念そうに首を横に振る。

「……それが、チョコレートってなかなか手に入らないでしょう……？　入手が容易なものなら、ものによってはレシピをお渡しすることもできたのに」

チョコレートそのものはこの国でも流通しているが、流通量はさほど多くない。

そのため、今までの使用方法といえば、美しい形に細工してチョコレートとして食べるのが大半だった。

細かく砕いてチョコレートチップとして使うことはあっても、ここまで贅沢に使うというのは例がない。

「……チョコレート」

「そうね、我が家でも入手には苦労しているもの」

王妃だけではなく、女性達は皆それぞれに嘆息する。この国で、これだけのチョコレートを使った菓子が集まる機会というのもそうそうないのだろう。

「エル嬢はどこでチョコレートを入手したのかしら？」

不意に話をふられて、エルは跳び上がる。オペラ風ケーキを開発するのに使ったのは、王家の食料保管庫にあったチョコレートであった。

「ええと、王様からいただきました！」

嘘は言っていない。

何を持ち出すのか国王は知らなかったはずだが、王家の食料保管庫に保管されている食材は何を持っていってもいいという許可は国王直々に貰っている。

その返事に、女性達の肩が落ちた。たぶん、食料保管庫から以外の入手方法だったら、そちらから入手するつもりだったのだろう。

「……辺境伯領では、入手できるのでしょう？」

「できなくはないけれど、ねえ……なかなか周囲の状況がそれを許してくれなくて。いえ、辺境伯領で使う分ぐらいならすぐに用意できるのですけれど」

ロザリアがため息をつく。

「陛下も、チョコレート以外にも流通させたいものがいろいろあるのですって。ただ——反対なさる方も多くて」

王妃もまた意味ありげにため息をついた。周囲の女性達が、じっと手元のチョコレートスイーツを見つめている。

「エル嬢、チョコチップクッキー食べる？」

「いただきます、殿下」

エルの皿に、ハビエルがそっとクッキーを乗せてくれる。それをありがたくいただきながら、エルは女性達の歓談を見守る。

「そうそう、今日は皆様にもお土産があるの。チョコレートを使った新作のお菓子。あとで、お渡ししますね」

にっこりとロザリアは笑う。ご婦人達がざわっとするのがエルにもよく伝わってきた。

◆◆◆

王宮での話し合いは、エルも聞いておいた方がいいだろうとロドリゴはエルも同伴してくれた。

会議の場に子供がいると問題になりそうなので、エルは少し離れた場所から見学だ。ジェナとベティ、それにスズも当然同席である。それから、護衛につけられたのはクレオだった。

こういう時、陰から監視できる部屋があるなんて初めて知った。

エルが今いるのは小さな部屋だが、会議に使われている部屋の音がよく聞こえてくる。

「辺境伯は、魔族にこの国を売るつもりか？」

「そんなことは言ってないだろう。魔族とはいっても、我々と少し見た目が違うだけだ。攻めてこようとしているのならばともかく、相手が求めているのは交易だ」

「その交易を名目に我が国に攻め入るつもりなのでは？」

エルの護衛として側についているクレオが、拳を握りしめる気配がした。

（やっぱり、クレオも魔族との交易には反対なのかな……気持ちはわからなくもないけど）

正体のわからないものを恐れるのは、エルにも充分理解できた。

急激に勧めようとしても、うまくいかないであろうことも。だけど、試してみることもなく、最初から諦めてしまうというのはどうなのだ。

「こちらに攻め入ってくる余裕なんてないぞ。魔族領は辺境伯領以上に魔物が出没するんだ。そっちの相手に忙しい」

今のエルは子供。そして、エルにできることはそう多くはないのだと痛感させられる。

（……難しいな、こういうの）

エルに与えられた役目があるのなら、目の前にあるそれを果たさずに辺境伯領に戻るつもりもない。

「魔族領との交易で、国にもたらされる利益についての資料は、事前にまとめて陛下に提出済みだ。これを見てみろ」

ロドリゴが取りまとめた書類を配り、新たにまた議論が始まった。

（これは、今日一日では決まらないんでしょうね）

一日で決まるようなことならば、もっと以前から交易していただろう。辺境伯領だけでこっそり取引するのではなく。

やがて、会議が終わる。王妃のところにロザリアが行っているので、終わったらエル達もそちらに合流だ。

クレオを連れて、王宮の廊下を歩く。すると、向こう側から王宮騎士団の制服を身に着けた騎士がふたり、歩いてくるのが見えた。

「――お、クレオ・ブロークじゃないか」

ひとりが、クレオを見て笑う。その笑みに、エルは嫌なものを覚えた。

彼らの顔に浮かんでいるのは、懐かしい友人に会えて嬉しいという表情とはまるで違うものだったから。

「辺境伯領に左遷されるだなんて、へまをやったな」

「こっちに戻ってこられるといいけどな」

このふたり、辺境伯領のことを馬鹿にしている。クレオが、拳を握りしめるのがエルには伝わってきた。

今日の会議の間も、クレオは何度も拳を握っていた。今も、彼の顔を見上げてみれば、唇をぎゅっと噛みしめている。まるで、余計なことは言うまいとしているみたいに。

「それより、辺境伯はこの国を魔族に売ろうとしてるんだって？」

「辺境伯様は、そんなことはなさらない！」

「はは、わからんぞ。辺境伯領で暮らしているうちに魔族に取り込まれたのかもな？」

エルは、クレオを握る手にぎゅっと力を込めた。クレオが、こちらから手を出さないようにしているのがわかったから。

「クレオ、行こ？」

「あのな、お嬢さん。そんなこと通るはずないだろ？　俺達が話をしているのに、勝手に立ち去るとか」

エルはクレオを促して立ち去ろうとするが、ふたりは広がるようにして道を塞いでしまう。

（……騎士としては失格ね）

辺境伯家が新しく養女を迎えたというのは、貴族としては押さえておかねばならない情報だ。辺境にいるはずのクレオが王宮にいて、小さな女の子を連れているのならば、その女の子が誰なのかすぐにわからなければならないだろうに。

しかもこの口調。どこの町のチンピラだ。素行不良で済ませられない。

「俺達が相手してやろう。どのぐらい強くなったのか見てやらんとなぁ？」

王宮に仕えている騎士なのに、まったくなっていない。クレオがエルをかばうように前に出た。

（……ここで争うのはだめ）

クレオがここで手を出すのは問題だ。

「騎士さん達、エルはクレオに稽古をつけていいとは言っていませんよ？」

王宮の騎士ならば、貴族の次男三男という可能性が高い。クレオを下に見ているあたり、もしかしたら高位貴族の家系なのかも。

――ならば、それにふさわしい言動をするべきではないか。

幼い女の子を連れている相手に対し、脅すような真似をするなんて。

「今のクレオの主は私です。私の許可なく、クレオを訓練所に連れていくおつもり？」

「あ？」

あれ、今の発言、五歳の女の子にしてはちょっとやりすぎだっただろうか。まあ、いいか。どうせ、エルはエルだし、それは変えようがないのだし。

一人称も「私」になっている。前世の意識が強く出ている証拠だ。だが、今はそれでいい。

「主の許可を得ずに、護衛の騎士を連れていくのはどういうつもりなのかと聞いているのですが？　その前にまず名乗りなさい」

まだ本格的なマナーの勉強をしているわけではないが、貴族の令嬢から護衛を引き剥がすような真似をするなんて、どうかしている。

「……お嬢様」

「だめよ、クレオ。私は許しません。クレオは、今日は私の護衛としてここに来たのでしょう？」

クレオは、エルの前世のことなんて知らないはずだけれど、それでもエルの様子が変わったのには気づいたみたいだった。

「お嬢さん、俺達はクレオとちょっと話がしたいだけなんだ」

「あんたは、来る必要はないからさ。ちょっとクレオを貸してくれればそれでいい」

ここまで言っても、まだわからないらしい。もしかして、王宮騎士団は実技試験しかないのだろうか。

「だから、それはできないと言っているでしょう？　護衛がいないと私は困るんです」

「うるさい！」

ひとりがクレオに掴みかかる。

だが、掴みかかってきた男は空振りした。クレオが伸ばされた腕を巧みに払い、そのまま
くるりと投げ飛ばしたからだ。

「いてぇ！」

王宮の騎士団の訓練ではまずこんな攻撃はされないだろう。王宮で習う剣術は、もっと行儀のいいものだろうから。

クレオだって、辺境伯領に来てから正攻法ではない攻撃方法を身に付けたのだ。

「お前、ふざけるなよ！」

「スズ！」

ふたり目がとびかかってこようとしたところで動いたのは、おとなしく側にいたスズだった。

エルの鞄から飛び出したかと思ったら、騎士の足元に駆け寄った。

「わわっ！」

スズが柔らかなぬいぐるみといえど、いきなり足に跳びかかられてはバランスを崩す。前のめりになったところで、スパーンッといい音が響いた。

ジェナが騎士の頭を背後から叩いたのだ。そのまま顔面から騎士は床に倒れ込む。

「——精霊具」

「……まさか」

やっと気づいたか。これで、王宮の騎士が務まるのだろうか。

「気づくのが遅すぎます」

エルは、冷ややかな声で言い放った。

最初に投げ飛ばされた男に、ベティが刃を向けている。以前、人は切らないようにとは言ったけれど、いつの間にかケースから抜けていた。

「ベティ。人を切るのはなしよ」

わかった、というようにベティが揺れる。ベティは調理器具だけど、人を殺したら、どこかに閉じ込められてしまうかもしれない。

「――だーれーかー！　たーすーけーてー！」

エルが大声をあげると、少し離れた部屋からロドリゴが飛び出してきた。

彼は床に転がっている騎士と、ベティに睨まれて座り込んでいる騎士、そしてエルをかばうように立っているクレオと、腕組みをしているエルに瞬時に目を走らせる。

「エル、どうした。何があった」

「そこの騎士とそこの騎士が因縁をつけてきたの。クレオとエルをどこかに連れていこうとしてた」

エルの言葉に、騎士達は顔色を変えた。間違いなく、彼らはそこまで考えていなかった。クレオを訓練所に連れていって、「練習試合」と称していびってやろうぐらいしか考えていなかったに違いない。

今のエルの発言は、「騎士達が辺境伯家の娘を誘拐しようとした」と言っているのと同じことで、誘拐は犯罪である。

「――は？」

ロドリゴが表情を変えた。

「うちのエルとクレオを誘拐しようとしただと？　王宮で？　どういうつもりなんだ？」

騎士達は護衛を連れていこうとしただけのつもりのようだが、貴族の令嬢が護衛なしでいるだなんて大問題だ。

ここは王宮だし、街中で放り出されたのとはわけが違うが、王宮の中だからと言って、護衛の任を放棄させていいことにはならない。

「……違う、俺達はそいつに身のほどをわからせようとしただけで」

ようやく起き上がってきた騎士がそうもごもごと言うけれど、最初にクレオに掴みかかって投げ飛ばされたのはこの男なので、説得力皆無である。

「お父様、この人達王宮に出入りしている騎士なのに、エルのこと知らなかったの。王宮勤務なのに貴族のことを知らないのって、だめだと思うな。それに、廊下を歩いている貴族にいきなり因縁つけてくるのはよくないと思う」

「――あ？　王宮の騎士が何やってるんだ。騎士団長の怠慢か？」

ロドリゴの怒りも当然のもの。

王宮を守る騎士なのに、あまりにも品位のない行動である。

「お父様。このふたり、クレオ以上の腕を持ってるって自信があるんだって。お兄様達の訓練相手にちょうどいいんじゃないかな？」

「そうか、そうだな。しっかり訓練した方がいいか」

エルの言葉で、何かを察したらしいロドリゴはにやりとした。

「よし、お前達今日から俺の屋敷に泊まれ。騎士団長には話をつけておいてやるから――やー、よかったよかった。練習相手が足りなくて、息子達の訓練どうしようかと思っていたんだ」

不必要に大きく明るい声。ロドリゴの顔を見ていた騎士達はますます青ざめたけれど、少しも同情しようとは思わなかった。

「……あの、エル様」

「クレオも辺境騎士団の一員だからね。馬鹿にする人は許さないんだから！」

胸の前で腕を組んだままのエルは、因縁をつけてきた騎士達を睨みつけた。エルの力ではないがまあいいだろう。

「……エル様、何で僕を」

「何でって、クレオも辺境騎士団の一員でしょう？　当然じゃない」

しかし、あの騎士達はいまや辺境伯領は流行の発信地になっていることを知らなかったのだろうか。いや、知らなかったのだろう。

知っていたら、辺境伯領をあそこまで馬鹿にする発言はしなかっただろうから。

「エル様、僕は……いいえ、僕をかばってくださって、ありがとうございました」

ちょっぴりクレオがしゅんとしている。エルは手を伸ばした。手を伸ばしたけれど、クレオの頭には届かない。代わりに、とんとんとクレオの腕を叩いてやる。

「エルは、クレオをかばったわけじゃないよ。先に、クレオがエルを守ってくれたじゃない」

掴みかかってきた騎士をすぱんと投げ飛ばしたクレオは格好よかった。それに、クレオが配属されるのは一時的なこととはいえ、辺境騎士団に所属している騎士を馬鹿にされてエルもちょっぴり腹が立っていたのだ。

「お父様、陛下ともちゃんとお話をしてほしい」

「――そうだな」

ロドリゴがうなずいた。

あのふたり、王宮に出入りする騎士にしてはあまりにも出来が悪すぎる。なぜ、あんなレベルの騎士が王宮に出入りできるのか、責任者に一度話はしておくべきだ。

以前から、辺境騎士団行きになるのを左遷と考える風潮があるのは知っていたけれど、さすがにここまで来たら放置しておくわけにはいかない。

再び国王の前で会議が開かれることになったのは、それから数日後のことだった。

この間、貴族達はロドリゴが提出した書類を精査したり、自分なりの調査を進めたりしていたらしい。

「……さて、今日こそは決着をつけたいものだな」

と、国王が皆の前で言うのを、エルは細く開いた扉の隙間からドキドキとしながら見つめていた。これからがエルの仕事だ。

香ばしい香りが、きっと会議の開かれている部屋にも広まっている。落ち着きなく視線をさまよわせている人は、香りの発生源が気になっているようだ。

「と、会議を始める前に、皆に試食してもらいたいものがある。エルリンデ・カストリージョ辺境伯令嬢、入れ」

「……はいっ」

呼ばれて、返事をする声が上ずっていた。だが、すぐに何事もなかったように取り繕って歩き始める。

エルの側には、料理が満載のワゴンを押してくれるラース、メルリノ、ハロンの三兄弟。

「エルリンデ嬢。今日は何を用意してくれた？」

「グラタンです、陛下」

入ってきた使用人達が、さっとそれぞれの席にフォークや皿を並べていく。ここで食事にするのかと、集まっている貴族達は戸惑った様子だった。

そしてラースとメルリノがワゴンから取り出したのは、保温されたグラタンである。今日は、小さな皿に流し込んで焼いた。一口、味見程度である。

「まずは、味見してみろ」

熱いから気をつけろという国王の言葉に従い、皆用心しながらグラタンにフォークを差し込んだ。

「……これは」

「悪くありませんね」

「素材がいい……これは、もしや辺境伯領で作られたチーズでは？」

ひとり、これが王都では入手の難しいミルクモーのミルクから作られたチーズであるということに気づいた人がいた。

エルは、その人のいる方向に目をやってうんうんとうなずいた。

ただのグラタンではない。最高の素材を作って仕上げたグラタンだ。王宮の料理人達も、エルに手を貸してくれた。

どんな仕上がりか、エルはちゃんと知っている。濃厚なホワイトソースは、ミルクモーのミルクとバター、それに王都の小麦粉で作ったもの。

ストームサーモンにはしっかりと塩胡椒をして、軽く焼き目を入れてからグラタン皿に並べた。さっとソテーしてから加えたほうれん草と玉ねぎ。

口に入れたら、魔物の油と塩気を優しくホワイトソースが包み込む。そして追いかけてくるのが、上にたっぷりと乗せて焦げ目をつけたチーズ。

舌を火傷するのではないかと思うほど熱いそれをはふはふしながら食べるのは最高だった。一口食べたら、またすぐに次が欲しくなる。

さすがに国王の前ではふはふするわけにもいかないらしく、貴族達はよく冷ましてから口に運んでいたけれど、それでもあっという間に食べ終えていた。

「では、次にこちらをどうぞ」

ラースの言葉で、再び皿が配られる。今度は、ナッツがたっぷりと乗せられたタルトである。こちらも小さく焼いてある。

「上のナッツは、キャラメルをからめてあるのだな」

「……なんと！　チョコレートが使われているではないか」

これまた贅沢に魔族領から取り寄せたチョコレートを使ったタルトだ。ココアパウダーを練りこんだタルト生地に入っているのはチョコレートクリーム。

焼き上がったところで、仕上げにキャラメリゼしたナッツを広げて、もう一度オーブンへ。ナッツの表面がカリッとしたら完成である。

（……トルテが苦労してたっけ）

上のナッツは、以前ジャンに作ったナッツのキャラメリゼを応用した。蜂蜜の香りが濃いために、チョコレートクリームとのバランスを取るのが大変だった。

だが、何度も試作を繰り返し、トルテが作り上げてくれたタルトは最高である。

甘じょっぱくカリッとしたナッツの歯ごたえに、甘さ控えめのチョコレートクリーム。かりかりのタルト生地の食感もまた楽しい。これまたあとを引く味である。

「ラース・カストリージョ。説明できるか」

「はい、陛下。先にお出ししたグラタンは、辺境伯領のミルクモーの乳製品と魔族領で捕れたストームサーモン、そして王都近辺で収穫された小麦と野菜を使っています。王都で入手できる品だけでは、こうはいかなかったでしょう」

「だが、王都でも、ストームサーモンは入手できるはずだが……？」

「その魚は、今朝水揚げされたものです」

「今朝だと？」

貴族達は色めき立つが、ラースは涼しい顔で続けた。

「魔族の者が飛行魔術を使ってここまで一気に運んでくれたのです」

ネーネは辺境伯領を経由したために二日かけたけれど、海から王都まで直行すれば、午後半ばぐらいには到着するのだ。今、王都で出回っている魔物の魚の中には、これほど新鮮なものはないに違いない。

「そして、キャラメルナッツチョコレートタルトですが、言うまでもありませんね？」

にこやかに話に入ってきたのはメルリノだ。ハロンは、残りのタルトを持ち上げて見せた。目はタルトから離れないから、ハロンも食べたくてしかたないのだろう。

「チョコレートは、我が国では、ラグランド王国からの輸入品が中心です。今回は、魔族領の品を使いました」

「いや、他国からも入手できるだろう！」

「できるでしょうけれど……おそらく、価格はもっと跳ね上がりますよ」

人が悪そうにラースはにやりとして見せる。

たしかにチョコレートというかカカオを取り扱っている国はあるだろうが、魔族領の向こう側である。取引できたとしても、王都まで運ぶのに大変な手間がかかる。

「それに、今日お持ちしたのは食に関する品だけですが——陛下、父の渡した書類は見てくれましたか？　魔族領にどれだけの鉱物が眠っているか……我が国と独占的に取引をしてもいいそうです」

最後にラースが締めると、貴族達がざわつき始める。ロドリゴの渡した資料を見ていなかったのか、慌てて書類をめくり始める者も現れた。

そして、エルには秘策があった。ロドリゴの方に小さく手を振る。

「まあ、それはともかくとして、だ。このチョコレートタルトは、先日、貴族のご婦人にお渡ししたものだ。レシピもな」

国王としては、魔族領との交易を本格化させたいのだが、貴族達の反対もあってなかなかうまく行かないのというのが現状だ。

「カストリージョ辺境伯……！　はかったな！」

「何のことだ？」

叫んだ貴族に向かい、ロドリゴが、唇を吊り上げてにやりと笑う。

そう、奥方に逆らえる貴族はそう多くない。魔族領との交易がなければ、チョコレートを大量に入手するのは難しいのだ。

——だから。

エルが提案したのは、王妃の開く茶会で、いくつものチョコレート菓子をふるまうことであった。

改めてチョコレートが美味しいということを印象づけた上で、王妃が「魔族との取引をしないともうチョコレートが手に入らないかもしれない……」と嘆いて見せたのである。

おまけに、茶会ではふるまわなかったタルトをお持ち帰りしてもらい、そこにはレシピもつけておいた。レシピがあれば、貴族の屋敷で働く職人なら作れるだろうが、材料がなければ作れない。

これには、貴族達もどうしようもなかった。家庭円満のためにも、チョコレートは必須である。

「……何も、王都で無制御に魔族を受け入れようというのではないのだ。辺境伯領だけではなく、受け入れてもいいという者の領地から交易を始めたい」

そう国王が言ったのに——反対できる者なんていない。

「では、決を採る」

その声が、エルの耳には特に大きく響く。

しぶしぶと賛成に一票を投じていく貴族は、もしかしたら、家で夫人から何か言われていたのかもしれない。

最初は大がかりではなくていいのだ。少しずつ、関係を開いていければそれでいい。

◆　◆　◆

辺境伯家の厨房に、エルの声が響く。

「頑張れ！　頑張れ！」

「おう、任せろ！」

一晩浸水させた大豆をピューレ状になるまですりつぶす。ラースが、大豆を撹拌《かくはん》する横でエルは応援していた。

別に、応援は必要なかったかもしれない。大きな鍋にピューレを移し、焦げないようにかき混ぜながら煮ていく。

「メルにぃに、泡は取ってください」

「はーい」

メルリノに泡をすくってもらいながら、火を通す。鍋から漂う香りが、エルにはなじみのある豆腐っぽいものに変化し始めた。

「砕いた豆を煮てどうするんだ？」

「んふー、豆腐を作るのですよ！」

ハロンは、興味深々と言った顔で、作業を続けるメルリノを見ている。大豆に火が通ったら、軽く冷ます。

「エル、次はどうするんだ？」

「それをぎゅぎゅっと絞る！」

清潔なさらしで、数回にわけて絞る。絞った液体が豆乳、そして、さらしに残ったのがおからだ。

「この搾りかすはどうするの？」

「それも美味しく食べられる！　今晩のおかず！」

ハロンが、おからをどうするのか気にしていたけれど、おからだって大事な食材だ。野菜と出汁で煮ても美味しいし、マヨネーズで味つけしてポテトサラダ風にしてもいい。

そして、今日のメインはこちらだ。豆腐！

魔族領から持ってきたにがりを加熱した豆乳に入れて、静かに混ぜる。しばらく置いて固まってきたら、清潔な布を敷いた木箱に移す。

この木箱も辺境騎士団の工房製で、箱の側面と底には穴が空いている。水分をそこから排出できるように作ってもらったのだ。

布で包んだら、上に木箱の蓋を乗せ、その上から重しをして終了。あとは、水分が抜けて固くなるのを待つ。

「んふー、豆腐、豆腐！」

水抜きをしている豆腐を眺めながら、思わず鼻歌。ジェナがつんつんとエルの肩をつつく。

「ああ、そうだったそうだった！　御飯！」

今日の夕食は、また外で食べることになっている。今日はいつものバーベキューにプラスして、魔族領で作ったちゃんちゃん焼きだ。

「エル様、キャベツはこれでいい？」

慌てて準備に戻ろうとしたら、クレオが率先して包丁を握っていた。王宮から戻ってきて以降、少しクレオも変化したみたいだ。

ちゃんと料理当番も真面目にやるようになっている。まだ包丁を握る手は少し危なっかしいけれど。

「お、上手上手！　クレオ上手になった！」

「……からかわないでください」

ちゃんと猫さんの手にしてキャベツを押さえ、ゆっくり着実に切り分ける。基本は大事。誉めたら、クレオは複雑な表情になった。誉めたのだから喜べばいいのに。

でも、彼も少しずつここになじもうとしてくれている。いずれ王都の騎士団に戻るだろうけれど、それまでの間に少しでもこの場所を好きになってくれたらエルも嬉しい。

さて、準備を終えたら本日も庭に集合だ。

「ほらほら、まだできるだろ？」

「もう無理だって！」

訓練所の方から、騎士が剣を打ち合わせている音が響いてくる。しっかり扱《しご》かれているのは、あの日クレオとエルにからんできたふたりの騎士だ。

あれから調査した結果、王宮騎士団員の中でも特に素行が悪いということで、しばしば注意されていた不良騎士だったらしい。

反省するまで、王都の辺境伯の屋敷で一緒に訓練を受けることになったそうだ。クレオも受けている訓練なのだから、ぜひとも彼らには頑張ってもらいたいところである。

「俺から一本取らないと、今日の夕食は抜きになるかもな？」

「――無理ですって！」

今のラースの声に、情けない騎士の声が重なる。

ラースから一本取るというのは、そうとう難易度が高いのではないだろうか。夕食は抜きになってしまうかもしれないけれど、夜食は用意してやろう。

たぶん、罰として夕食が抜きになるのではなく、食欲が失せるほどきつい訓練をされるということだろうし。

なんてエルが考えている間に、着々と準備は進められていく。そして、ラースに扱かれていた騎士達もよろよろとしながらやってきた。一応食べるつもりはあるようだ――エルは、彼らの面倒を見てやるつもりはないけれど。

「よし、食え！　飲め！　当番のやつは、酒はまた後日な！」

すっかりエルもおなじみになったロドリゴの号令で、食事が始まる。

「ほら、エル。口開けろ」

「あーん」

冷ました肉が、ラースによって口に運ばれた。エルが調合したカレー粉をまぶして焼いた豚肉だ。今日は、ピグシファーの肉が手に入らなかったらしい。

「んん、おいちっ」

ピリッとした辛みがいい。きっとこれは、王都でも流行するだろう。にやにやしながら、ネーネがエルをつつく。

「エル様、悪いこと考えた？」

「考えてないよ！　きっと、王都でも流行るだろうなーと思っただけ！」

魔族の行商人が王都まで運ぶのは、香辛料やチョコレートといった今まで王都では揃えるのが難しかった高級品を中心とすることになったらしい。詳しいことは知らないけれど、鉱物は王都まで運ばず、辺境伯領や受け入れを申し出てくれた貴族の領地で取引するそうだ。

そこから始めて、いつか、普通に交流できるようになればいい。エルが大人になる頃には、そうなっているだろうか。

「私も大儲け、エル様のおかげよ！」

「エルも嬉しい！　美味しいの、いっぱい！」

ネーネと顔を見合わせて、もう一度にやり。王都でも食材が入手できるようになれば、王都でのエルの料理ももっと幅を広げられるだろう。

「お茶をどうぞ。ちゃんちゃん焼きはそろそろですか？」

「あ、そうだった！　そろそろいい頃！」

メルリノが差し出してくれたお茶を飲んでから、鉄板の方に行く。側で番をしていたハロンが蓋を開いてくれた。

とたん、あたりに漂う食欲をそそる香り。

「できたよー！」

エルの号令で、騎士達がわっと鉄板に集まってくる。彼らが思わずといった様子で漏らす「美味い」、の声がエルには最高のご褒美だ。

「お嬢さん、これは？」

「それね、豆腐。食べてみる？」

アルドが白い塊に興味を示したので、少し分けてやる。今日は試作だったので、少ししか作っていないのだ。

「お醤油かけると、美味しい」

今日はネギと鰹節とすりおろしたショウガ。シンプルな冷ややっこだ。一口分取り分け、醤油をたらりと垂らして、アルドに差し出す。

「……崩れた」

スプーンを差し入れ、茫然としている様子を見るのがおかしい。

「美味しいよ！」

「ホントだ。美味いっす！」

ぺろりと食べてしまい、感心したようにうなずいた。

豆腐が作れたのなら、油揚げも作れる。そのうち、稲荷寿司も作ってやろう。甘辛く煮た油揚げは、大好物だ。

「お、エル。また『美味しいの』作ったな」

「はい、お父様！」

父に言われてにっこり。「美味しいの」を作れるのは、幸せだ。

「お父様、大丈夫だった？」

こそこそと囁いたのは、王宮での出来事が問題になっているのではないかと心配になったから。だが、ロドリゴはエルの頭をかき回しただけだった。

「問題ない——ほら」

「……あ」

ロドリゴが目線で示した方向にエルの目も向く。そこにいたのは、お忍びスタイルの国王だった。

(……来ちゃった)

どうもこの国王、腰が軽いというかひょいひょい王都の辺境伯家を訪れる傾向にあるような。護衛も見当たらないし大丈夫なのか、これで。

「今回は迷惑をかけたな」

「本当にね。エルもびっくりよ」

ロドリゴに抱きかかえられたまま、じろりと国王を見やる。王宮の騎士が、あんなにも低俗だなんて考えてもいなかった。

「王都の騎士、教育が必要。全員辺境伯領で扱かれればいい」

むすっとした顔のままで言うと、国王は苦笑いした。

苦笑いではごまかされない。辺境伯領の騎士が強いということを身をもって知っていないから、あんな暴言を吐くのだろう。

「すまなかった。あの騎士達はきちんと罰するから」

「ちゃんと王宮の騎士団で管理してくださーい。あと、お勉強もいっぱいさせて」

彼らの行動には大いに問題があるけれど、騎士達の教育がしっかりしていないというのが根本の大問題だ。

「他の騎士もこれからしっかり教育する」

「……お願いしますね？」

一応敬語で言ったら、また苦笑いする。

「貴族達の意識も、今後変えていくと約束するからそう睨むな」

「娘と約束するんじゃなくて、俺と約束してくださいよ、陛下」

「――約束する」

ロドリゴの言葉に、国王は真顔になる。

「陛下、美味しいの食べる？」

先ほどから、鉄板がすっかり気になっている様子だ。ここはひとつエルが大人になってやろう。

エルの提案に、国王は嬉しそうにうなずいた。

「父上、陛下、これをどうぞ」

ささっとラースが差し出したのは、追加のワイン。メルリノは、ちゃんちゃん焼きを皿にとりわけ、フォークを添えて持ってくる。ハロンは、焼いた肉と新作の豆腐を皿に盛りつけて運んできた。三兄弟、あいかわらず連携が完璧に取れている。

ロドリゴの腕から抜け出し、精霊達を連れて豆腐の方に戻ろうとしたら、すっとクレオが近づいてきた。

「エル様。僕、思ったんですけど」

「なーに？」

「辺境伯家は、悪いことはしないですよね」

「しないよ。お父様もにぃに達も、この国を守りたいだけ」

他の貴族の目から見れば、野心があるように見えるかもしれないけれど、父や兄達の頭にあるのは、魔物を辺境の地に押しとどめておこうということだけ。だから毎日のように見回りに行くし、危険な森にも入る。

クレオもきっと、それを理解してくれたのだろう。ならば、エルからはもう何も言う必要はない。

「ちゃんちゃん焼き、クレオも食べる？」

「いただきます」

にっこり笑ったクレオに、エルも笑みを返す。クレオは、きっと大丈夫だ。辺境騎士団を離れても、彼の心が傷つくことはもうないだろう。

エピローグ

辺境伯領に戻ってきてから三日目。

エルは厨房にいた。今日の夕食は何にしよう。

「お、ここにいたのか」

「にぃに達揃って来た！」

ラースを先頭に三兄弟が入ってくる。ラースは辺境伯家の跡取りとしてロドリゴの手伝い、メルリノは夕食の料理当番、ハロンは今、見回りから戻ってきたところ。三人そろってエルを構いに厨房に来たみたいだ。

「腹減ったー」

「僕も。何かありますか？」

「クッキーがあるよ！」

ハロンとメルリノは、そろそろ小腹が空いたみたいだ。バタバタと食料保管庫にかけていったハロンは、チョコレートクッキーの缶を手に戻ってきた。

プレーンなクッキーに、溶かしたチョコレートをからめたもの。ネーネのおかげで、以前よりずっとチョコレートの入手が楽になった。

「蜂蜜クッキーも美味いけど、チョコクッキーもいいな」

「砂糖もずいぶん入ってくるようになりましたからねぇ」

真っ先にチョコクッキーに手を伸ばしたハロンが幸福のため息をつき、メルリノがそれに同意する。

流通の問題で砂糖は手に入りにくかったけれど、ロドリゴが頑張って辺境への割り当てを増やしてくれたし、王都経由ではなく魔族領経由でも入手できるようになった。

国王が正式に魔族領との交易を認めてくれたので、ネーネがこちらに来てくれる頻度も上がった。

おかげで、調味料や食材が、以前よりもずっと容易に入手できるようになったのだ。

「トルテが焼いてくれたから、すごく美味しい！」

やっぱり、プロの腕はエルとは違う。同じレシピで焼いたクッキーでも、トルテが焼いた方がずっとおいしい。

結局、トルテは辺境伯領にいついてしまった。王都に両親と兄を残しているけれど、生活の基盤はこちらに置くつもりらしい。

トルテの腕は、王都でもかなりのもの。貴族の家で働けなかったから、最初からその機会を奪われていたけれど、王宮で働いてもおかしくはない腕の持ち主だそうだ。

だが、それで辺境伯領まで来てくれる気になったのだから、何があるかわからない。

「ラース様、ここにいらしたんですね。お手紙が届いていますよ」

「お、ありがとう！」

ジャンが持ってきてくれたラース宛の手紙。ちらりと見たら、リティカの家の封蝋が押されていた。

一礼したジャンは、棚の上にいる精霊達に何か話しかけている。精霊達も、身体を震わせて返事しているから、たぶん会話が成立しているのだろう。

（……ふむふむ）

ラースとリティカの仲は、今のところ文通という形に落ち着いたらしい。

イレネも心配していたから、今度イレネに手紙を書いてやろう。余計なことは言わずに、見守った方がいい。

今のところラースもまたリティカを見守る姿勢のようで、ふたりの関係が進展したわけではなさそうだ。

「お、ここにいたか——夕食前に食べすぎるなよ」

厨房に入ってきたロドリゴは、クッキーを一枚持っていく。それから片手でひょいとエルを抱き上げた。

「今日は何を作るんだ？」

「何がいい？　エル、今考えてるところ」

抱き上げてもらったので、エルからもしっかり抱きついて、ロドリゴの頬に自分の頬を擦り寄せる。髭が伸びかけているみたいでちょっと痛い。

「肉！」

真っ先にラースが手を上げる。ざっくりしすぎていて、参考にならない。

「唐揚げもいいですね」

とメルリノ。そういえばしばらく唐揚げは作っていない。フェザードランの肉はまだ残っていたはず。

「カレー作るなら、手伝う！」

ハロンは、すっかりカレーが気に入ったらしい。わかる。あれは一度食べたら病みつきになってしまう。

「ネーネに香辛料の追加を頼んであるから、遠慮なく使え」

「お父様も、カレーご希望？」

どうやら、ロドリゴもカレーが気に入ったようだ。唐揚げというメルリノの希望に添えないのは申し訳ない気もする。

「カレーにしよう。それで、唐揚げと素揚げのお野菜トッピング！」

「お、それは豪勢でいいな！」

ロドリゴが頭をわしゃわしゃとかき回してくれる。

やっぱり、エルの幸せはここにある。エルの頭の中は、次は何を作って皆を驚かせようかということでいっぱいだ。

「今日も美味しいの作る！」

エルは右手を突き上げる。兄達の歓声に、エルは幸せを噛みしめた。

END

番外編　騎士団長にも弱いものがある

王都と魔族領の間にも交易ルートが正式に開かれた。

食材や調味料等、王都までそこまでかさばらない荷を運ぶのは、魔族の中でも、比較的人間に近い姿を持っている者に決められたそうだ。

「私は王都まで行商に行くのは駄目なのよ」

と、辺境伯領の屋敷まで行商に来たネーネはつまらなそうだ。

ネーネの頭の両脇には、羊の角に似た形の角がある。辺境伯領では皆ネーネに慣れているけれど、王都ではそうはいかない。隠すのにも限界があるのだろう。

あと、人間の領域ではまず見ない不思議な艶のある服も、王都では目立つ要因かもしれない。

「あれ？　ネーネさん、王都まで行ったことあるんじゃないの？」

チョコレートの話をした時、王都で人気のチョコレートケーキについての噂をいち早く入手していた。ネーネ本人が王都に行ったのでなかったら、あそこまで興味津々にはならなかった気がする。

「あの時は、変装して行ったのよ。私達の魔術の中には、そういうものもあるの」

ネーネ達魔族の使う魔術と、人間の使う魔術は、術式が根本的に違うらしい。メルリノはネーネの魔術を熱心に解析しているけれど、今のところどの魔術も再現できていないそうだ。

「ネーネさん、王都に変装で行商に行くのは駄目なの？」

「お互い取引の時は嘘なしにしましょうって村長が決めたから」

「あー、なるほど」

エルも、村長には会ったことがある。たしかに、あの実直そうな村長なら、取引相手との間に嘘はなしにしたがるかもしれない。

前世の創作物では魔族と人間は対立する存在であったけれど、この世界はそうではない。お互い、関わらないようにして暮らしている。

魔族の村で聞いた話から察するに、魔族達は互いのかかわりをあまり重視しない者も多そうだ。人間に友好的な者、そこまで興味がない者、人間にも他の魔族にも興味がない者等、互いの領域を侵害しないように別れて暮らしているといったところか。

ネーネは、ニコニコとしながらエルの前に箱を押しやった。甘い香りからすると中身はチョコレートだ。

「そうそう、チョコレート持ってきたのよ。お菓子を作りましょう」

「作りましょうって、作るのエルだよね？」

ネーネは甘いものが好きらしく、チョコレートのお菓子を好んで食べる。エルはうーんと考え込んだ。

どうせなら、ネーネも巻き込んでしまおうか。アレなら混ぜて冷やして丸めるだけだ。

「ネーネさんも作ろう。一緒に作った方が、絶対楽しい」

「……作れる？」

「もちろん！」

今から作るものを王都の貴族達が知ったら騒ぐかな、と一瞬思ったがここは辺境だ。噂が王都まで届くことはないだろう。

「まず、チョコレートを割る！」

「……私も？」

「当然！」

菓子作り用に新たに設けられた厨房で、エルのお菓子教室スタートである。

まずは、溶けやすいようにチョコレートを小さく割る。それから、生クリームを温める。

「混ぜるのはネーネさんね？」

「……甘い香りがするわね」

ジェナに注いだ生クリームを、沸騰しないよう注意しながら温める。

そして温まったら、そこに割ったチョコレートを投入。投入したチョコレートが完全に溶けたら、香りづけにお酒を少々。艶が出るまで、ひたすら混ぜる。

「……大変なんだけど？」

「だからネーネさんにお願いしたんだもん。エルが作るのは大変」

一見優雅に見えるかもしれないが、お菓子作りは体力勝負のところがある。便利な道具を使っても限界はあるのだ。

艶が出たらいったん火から下ろして、別の容器に移して冷やす。冷たくなったら、今度は大匙一杯分ぐらいの分量ずつに小分けにしてまた冷やす。

「今度はこれを丸める！」

体温で溶けてしまうので、なるべく触れないようにしながら丸めて、ココアパウダーを振りかけたら、トリュフの完成だ。

「んんんっ、美味しい……！」

一個、口に放り込んだネーネは両手を頬に当てて蕩けたような顔になった。甘いものには弱いらしい。ネーネが二個目に手を伸ばすのに合わせて、エルも一個だけ口に入れる。

口の中に入れたら、濃厚な甘さが押し寄せる。舌触りも滑らか、上出来だ。

「そう言えば、ネーネさんはどうして人間と交易する気になったの？」

「他の人は、面倒だからってここまで来ない。ロドリゴ様に興味があったから、行商係を引き受けたの」

辺境伯領では以前から細々と魔族と交易していたけれど、ここまで活発にやり取りするようになったのはロドリゴの代になってかららしい。魔族領でしか手に入らない食材や調味料をエルが多用するからというのも交易が増えた理由かもしれない。

「お父様に？」

「若い頃のロドリゴ様はそれはもうやんちゃでねぇ……」

「おおおっ」

父の若い頃の話を聞けるなんて新鮮だ。ネーネは若く見えるが、魔族の寿命は人間よりかなり長い。実はロドリゴより年上らしい。

エルはネーネの話に集中しようとした。だが、その時、話題の人であるロドリゴが厨房に入ってくる。

「エル、ネーネ、ちょうどよかった。次の発注はこれでいいか確認してくれ……と、なんだ、甘い香りがするな」

「ネーネさんとトリュフ作った」

近づいてきたロドリゴがかがんだので、エルは口内にトリュフを放り込んでやった。ロドリゴは目を丸くする。

「美味いな、これはジャンが喜ぶだろう」

「じゃあ、あとでジャン様にお届けしよう。発注増やしてくれるかもだし」

「こっちに来る回数増やせるか？　そうしたら、荷車の半分は個人の買い物を積む分にしてもいいんだが」

「それはいい話だわね、ロドリゴ様……すっかり大きくなった。立派な辺境伯」

今、ネーネはロドリゴより年上だと聞いたばかりだ。もしかしたら、ネーネの目にはロドリゴもラースとたいして変わらないように見えているのかもしれない。

「いつまでも俺を子供扱いするな。もういい大人だぞ」

「大丈夫。ロザリア様とのなれそめも私は全部知っている……」

「おい、ネーネ！　子供の前で話す話じゃないだろう」

ロザリアの名前が出てきて、ロドリゴは慌てた様子で手をバタバタとさせる。さすがにロザリアとのなれそめを、エルの前で話題にされるのは困るらしい。

エルも興味がないわけではないが、それはロドリゴかロザリアから聞いた方がよさそうだ。

「ネーネさん、にぃに達に三個ずつもらっていい？　あとは、ネーネさんとジャンさんで分けたらいい」

「いいわよ、エル様。そうしましょう」

「おい、俺の分は？」

「お父様は今食べたからあと二つ」

む、とロドリゴはつまらなそうな顔になったが、今一個食べたのだからそこは諦めてほしい。

「エル様、そんなことよりロドリゴ様の話をしましょう」

ロドリゴの昔話は聞きたい。エルが身を乗り出すと、ロドリゴは慌てた様子でネーネの腕を引いた。

「悪いな、エル。ネーネは借りていくぞ。決めないといけないことがたくさんある」

「決めなければいけないことは全部決めたでしょう?」

「いいからいいから」

「あのねー、ロドリゴ様ってば、ロザリア様を口説く時……」

「言うなって!」

ネーネを半分引きずるようにして、ロドリゴは出て行ってしまった。

見送ったエルは、肩をすくめる。そんなに昔話をされるのが嫌だったか。

どうやら、ロドリゴにもかなわない相手というのがいるらしい。

あとがき

「辺境騎士団のお料理係！～捨てられ幼女ですが、過保護な家族に拾われて美味しいごはんを作ります～」二巻お楽しみいただけたでしょうか？

今回は、一巻直後、エルが辺境伯家の正式な養女になったところから始まります。領地に帰ってからのお披露目会。ロザリアは今まで以上に王都と領地を行ったり来たりで大変になりそうですが、愛娘のためなら何度でも往復してくれるのではないかと思います。

さて、今回はエルに新しい仲間が増えます。前回は調理器具しかいなかった精霊達ですが、今回はぬいぐるみにも宿りました！　にぃに達がくれたウサギにもそのうち宿るんじゃないかなーと思ってます。もしかしたら、もう宿っていて、エルが見ていないところでこっそり踊っていたりするかも。

前作では名前なしだった魔族の行商人には名前がつき、今度は魔族領に皆で行くことになります。魔族領でも、エルは変わりません。食材を見て大興奮。美味しい料理も作ります。

今回は王子殿下ハビエルと辺境送りになった騎士のクレオが新たに加わりました。初めての友達イレネ嬢も再登場。

エルの周囲は、前作同様にぎやかです。きっと、これからますますにぎやかになっていくことでしょう。

イラストは前作に続き、riritto先生にご担当いただきました。どれを見ても皆仲がよく、見ているだけでにこにこになるほど楽しいイラストです。新登場のスズも可愛らしい……！

そして、表紙のピザが美味しそうで最高です！　お忙しいところ、お引き受けくださりありがとうございました。

担当編集者様、今回も大変お世話になりました。今後もどうぞよろしくお願いします。

ここまでお付き合いくださった読者の皆様もありがとうございます。エルの賑やかな毎日を楽しんでいただけたら嬉しいです。

雨宮《あまみや》れん

辺境騎士団のお料理係！２
～捨てられ幼女ですが、過保護な家族に拾われて美味しいごはんを作ります～

2024年4月5日　初版第１刷発行

著　者　雨宮れん

発行人　菊地修一

発行所　スターツ出版株式会社

〒104-0031　東京都中央区京橋1-3-1　八重洲口大栄ビル７F
TEL　03-6202-0386（出版マーケティンググループ）
TEL　050-5538-5679（書店様向けご注文専用ダイヤル）
URL　https://starts-pub.jp/

印刷所　大日本印刷株式会社

ISBN　978-4-8137-9321-2　C0093　Printed in Japan

［雨宮れん先生へのファンレター宛先］
〒104-0031　東京都中央区京橋1-3-1　八重洲口大栄ビル７F
スターツ出版（株）　書籍編集部気付　雨宮れん先生